かげろう

宮本浪子

Namiko Miyamoto

文芸社

本書に登場する人物、団体等を含む、ストーリーは全てフィクションです。

花咲くは愛をよみ
枯れゆくは秋風つげし
いつの日か幸あらん
その人生
蜉蝣のごとく

●目次●

第一章

第二章

大都会に眠りはなく、テレビ塔のネオンがやけに眩しい。

いつしかホームレスとなり、公園の一角を住処にして暮らす女性にもそれなりの人生があった。

ベンチが寝床の代わりをするようになって、どれほどの月日が経っただろうか。

今宵もまた星空の下で眠りにつく。

過ぎ去った遠い日々を思い起こしながら……。

第一章

一　青井家の嬢ちゃん

門の前は砂利道で、道に沿って川があり、その川を少し下った所に今にも落ちそうな丸太の橋が架けられ、その向かいには村人の集まる堂がある。そこは村長を務める父の仕事場でもあった。

丸太橋の前まで来て大きな声で父を呼ぶ彼女の声に、窓から顔を出した父が笑顔で手を振り応えてくれた。

丸太橋の上からは遠くの美しい山々が見え、山間の町や村が一望できた。

彼女の父は人々から尊敬されていた。誰一人として彼女の家族に背く者もなく、毎日は幸せに満ち溢れていた。裕福な家庭に生まれ何不自由なく育った彼女のことを、村人はいつも「嬢ちゃん」と呼んでいた。

村中でたった一台のテレビを見るために、夜ともなれば村人が彼女の家に集まってきていた。おかしなことだが、彼らは皆礼儀正しく正座してテレビを見ていた。そして幼い彼女にまで頭を下げるのだった。だがその部屋に母の姿は見られなかった。賢い母は、人々がいつも自分の顔色を伺いながらテレビを見ているのを知っていてか、彼らに余計な気遣いをさせまいと皆の前には姿を見せなかった。母はその場の雰囲気が気まずいものにならないように、周囲への配慮を常に忘れない人であった。

彼女には仲の良い友達がいて、その名を「ミーちゃん」と呼んでいた。ミーちゃんはいつも長い髪を頭の真上で縛り上げ、赤い大きなリボンをつけていた。日が暮れるまで、二人は丸太橋付近でよく遊んだものだ。

大きな台風が上陸したある年のこと、豪雨が降り続き村が洪水に見舞われたことがあった。川は見る見る濁流となり、丸太橋はきしみながらも水と闘っていた。周りには父を先頭に、警察、消防、そして青年団までもが夜を徹して決壊防止のための見張りをしていた。

しかしその努力の甲斐もなく川は決壊、村中が水に浸かってしまったのだ。しかし、一段高い土地に建つ彼女の家だけは被害を受けることはなかった。

そんな中、父の呼び掛けで村人たちが彼女の家へ続々と集まってきた。子供たちは全員彼女の部屋に入り、大人たちも屋敷の他の部屋を使いにわか住まいを始めた。こうした状況の中、それこそ彼女は「お嬢様」で、ミーちゃんまでもが「嬢ちゃん」と呼ぶのだった。

いつのことだったか、父が薄汚れた身なりの少年を家に連れてきた。冷たい雨の降る秋の夕暮れ時だった。

薄汚れた学生服の袖口が鼻汁で変色し、ズボンの裾はすっかりほつれ、長ズボンとも半ズボンとも見分けのつかないほど無惨な格好の少年は、父の背中に隠れるように立っていた。長靴の中には水が入っているのか、歩くたびにバシャバシャと奇妙な音がした。

父が応接間に彼を連れて入った。母はその少年の姿を見て顔色を変えた。だが震える彼を見て、着替えを渡し父の隣に座った。

一体この少年の身に何があったのだろう、と好奇心にかられ盗み聞きしていたところを父に見つかり、部屋に入るように言われた。

少年は線路の上を歩いていたのだという。死ぬつもりではないかと心配した父は、理由も訊かずとにかく家に連れてきたのだという。

何も言わずに黙ってうつむいたまま、一点をじっと凝視してソファーの隅に座る少年に声を掛けた。

「名前は？　年は？」

ほとんど聞き取れないほど微かな声で少年が答えた。

「木内征夫……。年は、年は……十二歳」

本当に十二歳だとすると彼女より一歳年上だ。

「学校は？」

続けて訊くと、少年は首を横に振った。父も母も暫く二人のやり取りを聞いていたが、

「まあいい……。今日はゆっくり休みなさい」

少年の気持ちを察して掛けた父の言葉を受け、母が彼を奥へ連れていった。

あくる日から、父は征夫少年の身元を探し始めた。しかし三ヶ月経っても何の手がかりもなく、父が困った顔をしていたのを思い出す。

征夫少年は、彼女のことを「直嬢さん」と呼んだ。

青井直子――これが彼女の名前だった。山林王として、この地の実力者として絶大な権力を持っていた青井重雄の一人娘である。

男の子のいない青井家に転がり込んだ少年「征夫」を父も母も可愛がり、征夫も二人の言い付けをよく守り、毎日楽しそうに暮らしていた。

そんな中、父は征夫の保護者代理となって教育委員会に出向き、学校に通えるように話を進めた。

征夫が学校に通い出して間もなくのこと、彼の身元を探していた父のもとに電話が入った。村に一本しかない電話は、主に県や他の町からの重要な通信手段として使われていた。

電話を終えた父の話によると、征夫は何キロも離れた村の住人で、彼の両親は何ヶ月も前に村を離れその消息は掴《つか》めないらしい。父はそれからも親の行方を捜してはいたが、結局半年経っても何の手がかりもなくて、自然と征夫は青井家の一員として学校に通いながら父の仕事を手伝うようになった。

兄妹のいない直子は征夫を兄のように慕い、征夫も直子を妹のように可愛がっていた。

そして、直子があの哀しい事実を知ったのは、中学二年の夏休みも終わりに近づいた頃のことだった。征夫が直子を裏木戸に呼び出して話すには、

「おら、父やんと一緒に女の人の所に行ってきただに」

征夫の言っている意味が彼女には理解できなかった。

「女の人って……、会社の人?」

「直嬢さんは子供ずら」

「子供じゃないわよ」

時々、父が仕事で帰らぬ日があるのは知っていたが、直子の純粋な心を傷つけまいと、周囲の誰もが決して口にしなかったことである。征夫の言った事実に、直子は怒りさえ覚えた。

「その家には直嬢さんぐらいの女の子がいて……、父やんのこと『お父さん』って呼んでいたずら」

中学生の直子にとっては理解を超えた、ショッキングな出来事であった。父に確かめることもできず、複雑な心境のまま日々は過ぎた。

跡継ぎとなる男子を望んでいた父が、血縁関係のない征夫を養子として青井家に入籍させたのは、それから一年後、直子が三年生になった年である。

征夫は「青井征夫」となり、直子の義兄として、また青井家の後継者として村人からも慕われ、賢い少年へと成長していった。頭の良い征夫は発想も豊かで、父は満足していた。だが母はあまり笑顔を見せることもなく、父にも征夫にも距離を置き、薄情な態度を見せていた。父の裏切りが、青井家より格式の高い良家の娘として育った母のプライドを傷つけていたのだ。それは母にとっては耐え難い屈辱であったに違いない。やがて母まで愛人を作り、とうとう家にも寄りつかなくなっていったのだ。

母のいなくなった家に、間もなく父の愛人が顔を出すようになった。

「直嬢さん、あの女性を家に入れないように父やんに話して下さい」

征夫はその女性を嫌っていた。

父の態度も母の行動も許せない直子だったが、どうすることもできず、哀しい気持ちのまま悶々と日々を送っていた。

そんな直子の心を慰めたのは友達のミーちゃんこと美千代だった。丸太橋の向こうにある「なんでも屋」という看板を掲げた、衣類から食品、農機具まで、何でも揃えたスーパーの娘である。

昼日中は疎《まば》らだった客足も、夕方ともなれば大混雑となるなんでも屋は、商品だけでなく女房たちの井戸端会議のピークも迎えていた。この頃の話題はもっぱら「青井家の奥様」のことであった。

村人たちは直子の姿を見かけると頭を下げるのだが、誰一人として話し掛けてくる者はいなくて、皆彼女の傍を通り過ぎていく。直子はますます人々の視線を気にするようになっていた。

「ミーちゃんに相談したいことがあるの……」

二人は山道を登り、大きな松の木の根元に腰を下ろした。直子は黙って一通の封筒を取り出し美千代に見せた。

「お願いミーちゃん！　私と一緒に行って！」

美千代は理由が分からなくて、直子の緊迫した表情に驚いた。

「直嬢ちゃん、この人誰だに？」

この手紙が母宛てに届いたのは、もう随分前のことだった。差出人は女性になっていたが、その筆跡からすると間違いなく男の人に思えた。直子は受け取ったその日から今日まで、大事に隠し持っていたのである。直子が美千代に言った。

「この住所に母がいると思うの」

純真な二人の少女には、この手紙を読む勇気がなかった。

「遠いずら……、本気だに？」

「ミーちゃん、一緒に行ってほしいの……、お願い！」

直子は縋《すが》る思いで美千代に頼んだ。おそらく封筒にある住所にいるだろう母に会うためには、何としても行かねばと必死の思いで頼んだのだ。

二人が誰にも告げず夜汽車に乗り込んだのは、それから一週間後のことであった。

汽車は山を越え海岸沿いを走っていた。見知らぬ町への不安と、会えないかもしれないという心細さが二人の心を暗くしていた。

「ねえ、直嬢……。うん、ごめん。直ちゃん、母やんに会ってどうするだに？」

「高校を卒業したら家を出ようと思っているの」

「大学、行くずら？」

「あの家にはいたくない」

「東京の大学さ……ね？」

「まだ決まってないわ」

直子は母に相談したかった。母に会い、自分の気持ちの全てを話したい……そう思っていたのだ。

封筒に書かれた住所は町の中心部にあった。何とかこの地にたどり着いたものの、辺りはとっぷりと暮れ、色とりどりに咲くネオンの花が少女二人の心を一層不安にしていた。小雨の降る中を足早に歩いていた。

「ねえ、交番に行こう」

美千代の言葉に、二人は交番へと走った。

親切な巡査が二人の事情を聞いてすっかり同情してくれて、封筒にある住所へ案内してくれた。しかし大きなビルの谷間に位置するアパートはすでに廃墟と化し、誰も住んでいる気配はなかった。二人は愕然としてその場に座り込んだ。

「ねえ、これからどうすんだに？」

美代子が不安げに訊ねてきたが、直子は道の向う側にあるタバコ屋に走り、

「すみません。あのアパートの一階に住んでいた○○さんという人知りませんか？」

と、店番をしていた女性に訊ねた。鼻まで下げたメガネの奥から二人を見ながら、

「知っているよ」

一見怖そうな顔つきには不釣り合いの、優しい声が返ってきた。その女性は丁寧に手元のノートを見ながら、

「あった、○○さんじゃろ……。綺麗な奥さんのいる人だったわ」

と言って、また二人に視線を戻し不思議そうな表情を浮かべた。

「それで、あのー、どこへ越したか分かりますか？」

直子の問いに、女性は首を振って、

「警察に行くといいよ。住所変更の手続きをしていると思うから……」

二人の少女に同情してか、優しく教えてくれた。

「直ちゃん……、もう一度交番へ行くだに？」

美千代が泣きそうな声で言う。

二人はわずかなお金でパンを買ったが、寒さと空腹で一層不安になってきた。パ

ンを口にしながら当てもなく歩いていると、いつしか駅にたどり着いた。待合室の椅子に腰を下ろした二人だったが、直子はポツリと呟いた。

「交番なんて行けないよ……」

直子の手を握り、美千代が時計を指差した。

「もう、汽車も終わったみたい……」

「ここで明日まで待つしかないわね。ミーちゃん」

直子はそう言って美千代を諭《さと》すしかなかった。

「怖いずら……」

今にも泣き出しそうな美千代の声に、

「大丈夫よ、駅員のおじさんたちもいるから」

直子は自分にも言い聞かせるようにして彼女を慰めた。今更ながら、美千代を連れて出たことを後悔する直子だった。

「直ちゃんち へ電話せんと……」

「……」

「ねぇ、皆がきっと捜しているずら」

後先考えず汽車に乗った少女たちは、自分たちの無謀な行動に気づいて小さな胸を痛めていた。

「直ちゃんの父やん、皆を集めて直ちゃんを捜しているだに」

（お父さんなんか、困ればいいいんだわ）

駅員が近づいてきて、どうしたのかと訊ねる。二人は何も言えず黙っていたが、目には溢れんばかりの涙を溜めていた。

時計は午前零時を廻っていた。暫くすると、何とあの巡査がやってくるのではないか。駅の待合室で一夜を明かす少女たちを不審に思った駅員が、巡査を呼んだのだろう。

巡査に連れられ派出所に着くと、さっそく二人は親の名前を訊かれた。

「あの高須の青井の嬢さんか」

巡査は顔色を変え受話器を取った。

一人当直する巡査が始末してしまったためか、ストーブの火は今にも消えそうに細くなっていたが、二人がその前に座ると、急いで火を強くしてくれた。

おそらく車を走らせこちらに向かっているであろう父の顔を思い浮かべ、直子は今すぐにもこの場から逃げ出したい衝動にかられたが、その感情を抑えて美千代に言った。

「ごめんね、ミーちゃん」

「ううん、また母やんに会えなくなるだに……」

「ええ……、帰ってくるまで待っているわ」

父の怒りよりも、会えなかった母への愛しい想いが直子の心を締めつけていた。

やがて、一番列車がホームに入ってくる夜明け近く、派出所の前に車の停まる音がして、足早に近づいてきた父は黙って直子の背を抱いた。父に対して謝る気持ちなどない直子は、ただ無性に悔しくて唇を噛んだ。父の後ろには美千代の父親が立っていた。その後ろには彼女の母が……。

その時、突然美千代の父が床に両手をついた。

「直嬢さん、すみません」

そう言うとすぐさま立ち上がり、美千代の頬をピシャリと殴った。

「止めて！　おじさん」

直子はその腕に縋りついた。

「ミーちゃんを誘ったのはこの私なの」

直子は、美千代に対し申し訳ない気持ちでいっぱいだった。美千代の母親が冷ややかな目つきで自分を見ているように思えた。

「おばさんごめんなさい。私が……、私が悪かったの」

おばさんがそっと肩を抱いてくれた。

「分かってましたよ、直嬢さん」

母親の温もりを感じた直子は、胸元に顔をうずめ大声で泣き出した。その娘の姿を、父はどんな想いで見ていたのであろうか。


村に車が近づくと、まるでパレードでも見るかのような騒ぎで、道の両側には人々が並んでいた。

「直嬢さん、ご無事でしたか？」

「直嬢さん、おケガはないですか？」

「直嬢さん、大丈夫ですか？」

直子は両手で耳を塞ぎ、一目散に門に向かって走った。門を入ろうとした時、耳元で囁く声がした。

「わがままな嬢さんだわ……。これじゃ美千代さんが可哀想だ……」

直子は振り返り叫んだ。

「みんなごめんなさい！　私がミーちゃんを誘ったのよ！　みんな私が悪いの。ごめんなさい！」

直子は辛い胸のうちを吐き出すように、声を限りに叫んだ。

信州最大の財閥、青井家の土台が音も立てずに揺らぎ始めていた。だが、その時は誰もが青井家の全てが崩壊しようとは想像していなかったに違いない。


父に言われたのか、お手伝いの民江が直子から片時も離れない。民江は母と一緒にこの家に来た使用人である。直子の世話は彼女の仕事であった。

母が去った後も、

「私は、母様の代わりですからね」

と言い、直子の良き相談相手になってくれていた。また、時には本気で叱ることもあった。

そんな民江の行動に不審を抱いたのは、母がこの家を出て間もなくのことである。民江は時々外出していたが、それでも夕食前には必ず帰り食事の支度には手を貸していた。ある日、直子は思いきって、

「民さん、どこへ行ってきたの？」

台所で忙しく立ち働く民江に訊ねた。すると、彼女は顔色一つ変えることなくい

つもの笑顔で答えた。

「買い物ですよ。デパートへ」

「どこのデパート？」

「どこって……、白木屋ですよ……」

その返答ぶりはぎこちなく、言葉を探しながら答えているのが分かった。

直子は民江の顔を覗き込みながら、なお詰め寄った。

「今日は何を買ったの？」

「えっ？　靴ですよ……」

「見せて！　ねぇ、見せてちょうだい」

「直嬢さん、いい加減にして下さいよ。私は忙しいんですからね」

民江は怖い顔つきをして叱るように言い放つ。

直子はしょんぼりとその場を離れた。

（民さんは、きっとお母さんに会ってる……）

母に会っている民江のことを考えるとなかなか寝つけなかった。窓の外には音もなく雪が降っていた。

十二月十日は一年の総会の日であった。村人たちが堂に集まってくる。総会が済むと、父の経営するいくつかの木工会社の忘年会が行われるため、村中の女たちは朝から炊き出しで大忙しである。美千代の店でも人の出入りが絶えなかった。

「直嬢さん、東京の学校へ行くだに?」

村の人たちが口々に訊いてくる。チラチラとこっちを見ている征夫の視線を気にしながら、

「まだ決めてないの、大学のことは……」

征夫の表情を見ながら直子が返事をした。いつしかほのかな恋心を征夫に抱いていたのである。ところがそこへ、

「征ちゃん、明日、都合つけたずら!」

弾んだ声で店に入ってきたのは美千代だった。征夫は彼女を見ると目を輝かせ、

「よし、じゃ行くだに!」

目と目で合図しながら幸せそうな顔をする二人を目の当たりにして、

(征夫は、私の兄なのだ)

直子は自分に言い聞かせるように、黙ってその場を離れた。

正月になると、獅子が村の家々を廻る。雪の中を丸太橋の上で一踊りすると、北

の家から順に廻っていくのだ。川の両側には露店が並び、子供たちは店の前から一向に離れようとしない。村人たちが楽しみにして待つ行事だった。

「直嬢さん、出掛けるずら」

征夫が大声で呼ぶ。

「はーい」

声を弾ませながら直子は支度を急ぐ。

「征夫兄さん、お願いだから『嬢さん』は止めて！」

「でも……」

「直子でいいの。兄妹だもの」

「そうずらか、これからは直子と呼ぶに」

二人は雪の中を駆けて丸太橋に行った。父も若い二人をそっと見守っていてくれていた。

直子十七歳、征夫十八歳の冬だった。

下宿のおばさんが直子の帰りを待っていた。そして一通の手紙を差し出した。金沢の大学に入学してちょうど一年目の春のことである。差出人は民江であった。ひらがなの多いお世辞にも上手とは言えない字で、一枚の便箋にギッシリと書かれていた。

その文面には長々と母のことが書かれ、最後に母の容態が悪く入院しているとあった。病院の住所も細かい字で記されている。

直子は手紙を読み返しながら、父と母のことを考えずにはいられなかった。

（二人は本当に愛し合っていたのだろうか……。それにしても、立派な家庭を持ちながら、父は何故妻以外の人に心惹かれるのか……。どうして身勝手な行動をとるのだろうか、父も母も……。二人は娘である私のことなど考えることすらできないのだろうか……）

そんなことを考えていると、自分があまりにも憐《あわ》れで寂しい。

（父も母も卑怯だわ）

直子はそんな想いをずっと心の奥底に抱きながら、次第に殺伐としていく家族の亀裂に耐えかねて、地元の学校を勧める父を説得して遠い金沢まで出てきたのであった。

学校ではこちらから話さない限り、直子の家庭の事情を知る者はいない。知っているのは同じ下宿で仲良くなった二人の友達だけであった。

父の手伝いをしながら近くの大学に通う征夫は、休みになると直子の様子を見に金沢にやってきた。しかし取り立てて話をするでもなく、近くの兼六園や金沢の街を連れ立って歩くだけであった。それが父の命令だとは分かっていても、征夫と一緒にいられるのは直子にとっては最高に嬉しい時間だった。

熱心に勉強するわけでもなく、友達と取り留めもない話をしながら気ままな毎日を送りながらも、直子には母のことが心から離れず、母を思うと心が痛んだ。勉強にも集中できない直子は、毎月欠かさず仕送りしてくれる父には内緒で、母のもとへ出掛けることにした。

夜汽車は大きな汽笛を鳴らして走っていた。車内の乗客の誰もが眠っていた。

金沢でしか得られない土産物を握りしめ、直子はあの日のことを思い出していた。

金沢に出発する前の日、母は久しぶりに家に帰ってきた。父と正式に離婚するための話し合いに来たのである。しかし、たとえ愛人を家に呼び寄せ住まわせる父でも、世間体とその立場を重んじて離婚届には最後まで判を押さなかった。そんな父の態度を尻目に、母は民江と共に青井家を去ったのである。

眠れぬままに時は過ぎていった。病院のある町が近づくにつれ直子の心臓は高鳴った。いつの間にか汽車はホームへと滑り込んでいた。母にはもちろんのこと、母の愛した男性にも一目会いたかった。手紙に書かれていた『温和な男性』とは一体どんな男性なのだろう。

(男性も病室にいるのだろうか？……母は私を見て何と言うだろう……)

タクシーが病院の前に停まった。

長い廊下を歩いてエレベーターの前まで行くと、大きな字で書かれた張り紙が目に入った。『午前中は回診のため面会禁止。面会時間は午後一時より』

直子はエレベーター前の長椅子に腰掛けて時計を眺めた。

「あのー、もしかしたら青井さんのお嬢さんですか？」

看護婦が直子をじっと見ながら訊ねてきた。

「えっ、はぁ……そうですが」

「病室へ行かれてもいいですよ。身内の方なら大丈夫ですから」

親切に声を掛けてくれたのだ。

「お部屋は五階の西側の突き当たり、五〇八号室ね」

「ありがとうございます」

「お母様によく似ていらっしゃる……」

直子は少し恥ずかしくて照れてしまった。

部屋へと続く廊下を歩きながら母に掛けるべき言葉を探していた。そしてもうすぐ会える喜びに胸が張り裂けそうだった。

ドアを開けると優しい民江の笑顔があり、何年ぶりかで見る母がいた。しかし母は薬で眠っているのか身じろぎもしない。男性の姿もない。直子は枕元に近づき母の手を握った。

「嬢様、母様はいつもあなたのことを気に掛けておられますよ」

「じゃあどうして一度も会いに来てくれないの？」

直子は民江に言い寄った。

「民さん、お父さんもお母さんも自分のことしか考えてないのね」

民江は、そんなことはないと言いたげに直子を見つめた。

「母様は全てが落ち着けば、あなたと暮らしたいといつもおっしゃってますよ……」

「私は、私は一緒に暮らそうなんて考えてないわ」

「奥様は嬢様のことだけが気掛かりなんですから……」

民江は困った顔をした。直子は黙って母の顔を見つめていた。

「もういいの。父にも母にも私以上に大切な人がいるんだから……」

「旦那様だとて、誰よりも嬢様が可愛いんですから……」

「民さん、お母さんと暮らしている男性《ひと》って優しい人なの？」

「はい……」

「民さんもその男性《ひと》を知っていたの？」

「はい、お嬢様もご存知の方です」

「私も知っている人ですって？」

直子は再び母の傍らに立った。

いつの日か母から聞いたことがあった。女学生時代に愛した男性がいたことを。

「嬢様にはいつかお話しすると言っておられましたが……」

母が愛した男性は、子供に恵まれることもなく、数年前にその妻を亡くしたのだという。彼と母が密会するようになったのは、征夫から衝撃的な話を聞かされたあの頃のことだ、と民江は話した。

「お母さんは今幸せなのね？　民さん」

民江がわずかに微笑んだ。

直子は自分の心に区切りをつけていた。今更母に何を話そうというのか。母には母の人生があり、私には私の生き方があるのだ。

「民さん、お母さんのこと頼みます」

「嬢様……」

「私なら大丈夫よ。これからも元気で生きていくから」

直子は病院を後にした。その目からはとめどなく涙が流れていた。


夏が訪れて、長い夏休みを利用して直子は帰省した。

そこに待ち受けていたのは、父の愛人、栄子と二人の子供たちだった。

「あなたのお部屋は娘の志保がお借りしています」

これが初めて会ったその女性が、直子に言った最初の言葉であった。

「一体これはどういうこと？　何故私の部屋を勝手に使うの？」

「お父様の許可ならちゃんと頂いていますから」

父の姿は見えなかった。直子は表に飛び出すと、堂に向かって走った。しかし堂に父の姿はなく、そこには征夫と美千代がいた。直子は慌ててその場を離れた。征夫が追ってきた。

「父さんは町へ行きました」

「そう……、ありがとう」

征夫に連れられて、直子は堂に戻った。

「ミーちゃん、元気だった？」

美千代はニッコリと頷いた。征夫に栄子親子のことを聞きたい気持ちだった。だがその場の雰囲気から、言い出すこともできず直子は堂を後にした。

門の前まで帰ってくると、直子は急に涙が溢れてきた。川の流れを眺めながら父の帰りを待つことにした。その時直子の背後に、目元の涼しい背の高い少女が近寄ってきた。

「私、志保っていうの。よろしくね」

勝手に自己紹介をすると、頭をペコンと下げた。

「おーい！　直子やないか」

車から降りてきた父が叫んだ。今にも泣いてしまいそうな気持ちを抑え、直子が父の手を取った。父は笑顔を見せながら、直子の肩に手を廻して言った。

「おまえの部屋は一階の奥になったずら」

「どうして勝手に変えたの！」

「志保があの部屋を気に入ってな……。どうしてもって言うんだに」

「お父さん、この家は私の家よ！」

言い合っている二人の傍に、中学生ぐらいの男の子が姿を見せた。

「僕、悠司です。よろしくお願いします」

その場から悠司が離れていくと、

「あの子もお父さんの子？」

「そうだ、私の一人息子ずら」

「お父さんそれじゃ兄さんは……。征夫兄さんはどうなるの？」

「征夫のことは私なりに考えている。だが、征夫は今までどおり奉公人として使うつもりだに……」

「ひどい！　それじゃ征夫兄さんが可哀想だわ」

「志保と悠司はおまえの妹弟ずら。二人のお姉さんずら……。仲良くしないとな」

二人の間に入ってきた志保がペコンと頭を下げたが、直子は志保を見ることなく父に言った。

「お父さん、お母さんのことはどうするの？」

何も言わない父の代わりに、いつ来たのか栄子がしゃべり出す。

「奥様は勝手に出て行かれたんです。もうお帰りにはならないでしょうね」

その言葉は許せなかった。

「お父さん、この家はお母さんと私の家なのよ。そうでしょ？　お父さん」

直子は哀しかった。

「金沢へはいつお帰りになるのですか？」

栄子が遠慮なく直子に訊く。

「当分帰りません！」

仕方なく一階の自分にあてがわれた部屋に入ると、志保が遠慮がちにドアの間から顔を覗かせた。

「直姉さんごめんなさい……。部屋は返すわ」

直子は志保の目を見て、

「いいのよ……」

「直姉さん、私もこの家の娘なの……。母がいる限り、あなたのお母さんはもうここには戻れないわ」

哀しい心のままに金沢に帰った直子であった。あの親子に何も言わない父の不甲斐なさに怒りを覚えながら……。

まだまだ厳しい暑さが続くある日のこと、民江からの突然の電話に驚いた。母の死を報せるものであった。母の亡骸は高須へ帰ったというのだ。泣きながら話す民江の言葉に、受話器を握りしめた直子は棒立ちになった。

（許せない。どうしてもお父さんを許すことができない……）

直子は急いで帰り支度を始めた。


金沢から長野まで特急で二時間ぐらいはかかるだろうか、高須に着くとすでに日は暮れて灯りのない道を月が照らしていた。

青井家の門の前には大勢の弔問客が集まり、次々と屋敷の中へ入っていく。

「直ちゃん！」

声を掛けたのは美千代だった。

彼女は家業を継ぎこの村で暮らしていた。直子とは時々は連絡を取り合って、その胸のうちを語り合い、変わらぬ友情を温めていた。

「お帰りなさいませ」

民江が直子の姿を認めると、真っ赤な目を向けて頭を下げた。母の亡骸は大広間に安置され、その枕元には黙って座る父がいた。

「お父さん……」

頭を垂れてはいても、その表情には取り立てて哀しいものは認められなかった。その態度に直子はなおさら腹立たしいものを感じた。

「直子……、お母さんは死んだよ」

父の言葉に返す言葉を失う。

「直子さん、さぁ、あなたのお母様にお別れをして下さい」

喪服に身を包んだ栄子が直子の背後から声を掛けてきた。

「今日は母の葬式です。あなたたちは遠慮して下さい！」

直子が強い口調で言った。

「どうしてでしょう。私たちはこの家の人間です」

「いいえ、あなたは他人よ……。この家は母の家です」

栄子の後ろから志保と悠司が口を挟んだ。

「直姉さん、皆でおば様を送ってあげましょうよ」

志保が直子の横に座り手を合わせた。

父は黙ったまま人々に頭を下げていた。

「お父さん、私、お父さんを許さないわ！」

栄子親子が笑いを浮かべ直子を見ていた。その時、民江と征夫が柱の陰からこの親子の姿を見ていたのを誰も気づくことはなかった……。


葬儀が済むと、直子は誰とも一言もしゃべらず金沢に戻った。

それでも父のことを征夫に頼んだ。

少し風が冷たく感じる季節になり、辺りの木々が色づき始める頃になると、昔日の面影が随所に残る、小京都と呼ばれる金沢の兼六園の雪吊り作業が大勢の人々の手により行われた。直子は二人の友人と兼六園に向かった。兼六園は加賀藩主の庭園で、前田斉広によって拡張されたと書かれている。

いつまでも哀しんでいるわけにもいかない……。直子と友人は興味深げに雪吊りの縄が張られていくのを見ていた。

「お嬢さんたちも、ちょっこう手伝うてくれまし」

作業する人から声を掛けられた。三人は大喜びで、教えられたとおりに縄を張っていった。

「君たち、学生さん？」

背広にネクタイ姿で指図している青年が話し掛けてきた。

「この人は大将の息子さんで、仕事の総監督だ」

職人の言葉に、三人は改めてその青年を見た。彼は頭を掻きながら照れ笑いをしている。金沢大学の学生さんかと聞かれ、三人は口を揃えて「はい」と答えた。

若い監督さんが兼六園の話を自慢げに語り出した。兼六園は金沢のシンボルだと言い、日本の三大庭園の中でもこの兼六園が一番だと褒め称える。水戸の偕楽園にも、岡山の後楽園にも行ったことのある直子であったが、彼の言うとおり庭園としては兼六園が最高に美しいと思った。それというのも、兼六園を褒める彼がとりわけ爽やかな好感の持てる青年だったからかもしれない。

三人は縄が手早く松に掛けられる、職人の見事な手作業を食い入るように見ていた。

その時青年が直子の傍に寄ってきて、小声で「日曜日に会ってほしい」と囁いた。

雪が講堂のガラス窓を打つ。出ても出なくともいいような講義を受けながら、直子は窓に目を向け青年のことを思っていた。時々は教授の大きな声で我に返り教科書の方を見るが、ただ目を通すだけで、頭の中は青年のことでいっぱいだった。

　青年と会う約束をした日曜日、朝から降り出した雪がひとしきり激しくなった午後のこと、青年が直子の下宿に自動車で迎えに来た。

　二人だけのデートであった。直子は嬉しさと恥ずかしさで、何を話せばいいのか分からず、緊張して言葉が出ない。とりあえずは互いに自己紹介から始めた。彼は「角田悟」と名乗った。父と二人で小さな建設会社を営んでいるという。

「学校は楽しい?」

　と訊かれ、言葉に詰まってしまう。

　出身が長野だと言うと、「雪国の人か」と大きな声で笑う。「あなただって」と直子も笑い返した。

　車は街中を走り長い土塀の横を抜け、歴史を感じさせるべんがら格子の家々が並ぶ寺町へと行った。洒落た店の前で車を止め、

「ここの食事は最高だで」

　先導する角田の後ろに直子も従った。男性と二人で食事をすることなど初めての直子は少し狼狽していた。

「君はお嬢さんなんだろうな」

「どうして？」

「どうしてって……、そんな気がするよ」

直子は微笑み返した。

互いのことが少しずつ分かってきてか、帰りの車の中では今までとは違った雰囲気になっていた。

その日を境に、角田は直子の下宿を訪れるようになった。下宿の前まで来ると、必ずクラクションを鳴らし合図をした。

直子は彼に心惹かれ、愛し始めるようになっていた。角田の優しさは直子の沈んだ心を解きほぐしていった。若い二人はいつしか結ばれていく……。

「正月には僕が送ってやる」

「いいの、いいのよ……。一人で帰るから」

直子が角田の胸に顔を埋めながら答えた。

「直ちゃん、悩み事があるなら僕に話せよ」

正月になると、学生たちのほとんどは郷里へと帰っていく。大学の長い休みを利用してアルバイトに精を出す者もいるが、この地に残る学生はめっきり少なくなってしまう。

直子は迷っていた。いつになく角田が気遣ってくれるが、正直暗い気持ちになっていたのだった。

「ありがとう。本当は帰りたくないの……」

「どうして？」

角田の真剣な眼差しを受け、直子は言葉に詰まってしまった。

「誰も待っていないと思うの」

「直ちゃん……」

耐えてきた何かが弾けたかのように、直子は大声をあげて泣き出した。角田の明るさやその人柄から、彼が幸せな家庭で育ったことが窺えるだけに、複雑な環境にいる自分のことを話すのがためらわれた。おぞましくて言い出せなかったのだ。

頭の中では栄子の冷たい視線を思い出していた。

先程まで止んでいた雪が、いつの間にか激しく降り出していた。

「悟君、私、学校止めるかもしれないの」

「どうして？　家には帰りたくないいんやろ？」

「ええ……」

直子は何故かそんな予感がしていたのだ。

二人は外に出ると、体をかがめ黙って歩き出した。直子は肩に廻された角田の手を握った。黄昏時だというのにその美しさが感じられない。雪が風に乗り、まるで簾のように二人の行く先を見えにくくしている。

角田に相談したい気持ちはあったのだが、二十歳を少々過ぎたばかりの彼にどんな妙案があるというのか。長靴の中に雪が入っては溶ける。直子はわざと明るく振る舞い話題を変えた。

「悟君、あなたは幸せなんでしょうね」

「君だって……」

角田は直子の顔を見て口を噤《つぐ》んだ。

「さっきの話だけど……、本当に学校止めるんけ?」

「冗談よ」

軽く、小さな声で言葉を返した。

吹き溜まりの川辺を抜け固い道に出た。角田の手の温もりを肌で感じながら直子は歩いていた。

何の気なしに言った言葉がどんな結果を生むかを、その時の直子は知らなかった。

雪深い金沢で正月を迎えようとしていた直子のもとへ、「直ちゃん、お餅もたんと持ってきたずら」心配顔をして下宿を訪ねてくれたのは征夫と美千代だった。

「直子、父やん心配していたに」

忙しそうにしめ縄を組みながら征夫は言う。

何かと征夫の世話を焼く新妻のような美千代の姿を、微笑ましく見ながら二人に問う。

「で、二人はいつ結婚するの？」

「まんだ先ずら」

「お金を溜めてから……。まんだ先のことだに」

その場に立って、直子が大きく手を振り結婚行進曲を歌い出した。二人もつられて大声で歌い始めた。

「ミーちゃんは私のお姉さんになるんだね」

（そうよ！）と言わんばかりに、美千代が直子の額を指でつついた。

「お兄さん……、志保って娘、どうしてる？」

「私、あの人大嫌い。どうしても好きになれん」

美千代がお茶を入れながら怒ったように言った。

直子の心情を誰よりも知っている征夫と美千代は、それ以上何も言えず黙ってしまった。

毎年盛大な正月を祝う青井家に、直子のいない今年も酒盛りが繰り広げられていることだろう。

「直ちゃん、やっぱり帰れんだね。私たち心配だったの……」

美千代の言葉を受けて征夫の顔を見ると、その目は寂しげに直子を見ていた。

「だって誰にも会いたくなかったんだもの」

「直子、青井家をあの親子の思いどおりにさせておく気なのか？　君はそれでいいだに？」

征夫の言葉が直子の胸に大きくのしかかった。

下宿の庭に植えられた寒椿の花が雪と闘うかのように首を上げ、毒々しいまでの鮮やかな色を見せていた。

征夫と美千代は帰り道に民江の家に寄るのだと言い、早朝に帰っていった。去ってゆく二人の優しい心遣いに感謝しつつ、角田の訪問を待つ直子であった。

北陸の冬は長く、三月も末だというのに通りには残雪が見られた。

凍結した道で足を取られながら直子は大学へと向かっていた。それでも時折差す暖かい日差しが春の近いことを告げ、重い服を脱ぎ捨てるのも遠くないことを報せていた。

正月から体調を崩しているらしい父のことを気にはしていたものの、まだ帰る気にはなれない直子は、近所の神社で父の健康祈願をした。

しかし母亡き後青井家を取り仕切る栄子に、親戚の人たちは何故何も言わないのだろうか。いくら父が実権を握っているとはいえ、どうして黙っているのだろう。悔しくともどうすることもできない直子は、ある日父に手紙を書いた。しかし、

『大学を卒業した暁には、知り合いのいる新潟で就職するように』

との返事が来た時には愕然とした。自分を家に寄せつけようとしない父にますます怒りを覚え、先行きの不安が心にのしかかってきた。

仕事の合間を見て会いに来る角田との逢瀬だけが、辛い気持ちから逃れられるひとときであった。その角田が二ヶ月間高知へ行くという。建設現場への出張工事ら

しい。

直子が角田の腕に縋りついた。（このまま会えなくなるのでは）……嫌な予感が脳裏を掠《かす》めた。

「もう、さよならかも……ね」

「何言っとるんや。二ヶ月間待っててくれんけ」

角田は腕の力を強め、直子の細い体を抱きしめた。

直子の心に冷たい風が吹き込んでいた。愛する彼にさえ、いや愛する彼だからこそ、自分の置かれている立場を語ることができない心が辛かった。

初めて栄子から便りが来たのは、梅の花が咲く暖かい日だった。その手紙の内容に直子は打ちのめされた。『今までどおりの仕送りはできない』と書かれたもので、父が病で入院しているとも添えられていた。直子は自分の置かれている立場を直視せずにはいられなかった。

しかし父の入院を報されても、どうしても病院に行く気にはなれない。父を許すことのできない気持ちと、あの親子の姿が邪魔をしていたのだ。

時々来る征夫からも何も聞かされていなかっただけに、少しの驚きはあっても取り立てて心配するほどのことはなかろうと思っていた。何故なら、体の丈夫なことをいつも自慢していた父だったからだ。少し疲労が重なったのであろう……。

直子には父の入院よりも、母への仕打ちの方が心を大きく占めていた。整った少ない文字で綴られた文面は、直子を思いやる気持ちなど一言もなくて、帰ることを拒否する冷たい言葉で終わっていた。

（働かなくては……）

直子は大学を止める決心をした。高須へ戻ることはできない。高須に帰ればあの親子に会わなくてはならないのだ。不甲斐ない父にも……。

（誰も知った人のいない地で、一人で暮らしてみよう）

大学の休みを機に『退学届』を提出すると、直子は誰にも告げず金沢を去った。二十一歳の初春であった。

こうして直子の人生の歯車は、本人すら想像できない方向へと廻り始めたのである。

二　華やかに泣く

いつしか汽車は京都に着いていた。

直子は働く所を探し求め歩いていたが、身元引受人のない彼女を雇用する会社はどこにもなかった。歓楽街に足を踏み入れてみたが、未知の世界はただただ恐怖で、店の前まで行っては引き下がることを繰り返していた。

思いきって入ってはみたが、言葉遣いや仕草が何故か不釣り合いで、どの店でも長続きせず、心も抵抗してか華やかな世界にはどうしても馴染むことができなかった。

暖かな日差しを背に職を求めて歩く日々が続いていた。

大学に入学する時父から渡された通帳が、直子の唯一の財産だった。

(どうしても普通の職場で働かなくては……)

焦る気持ちがなおさら心に重くのしかかってきた。

鴨川の近くのアパートに部屋を借り、それなりの家財道具を揃え、娘らしい飾り付けもした。

多分今頃は、大学から父に連絡が入っているであろう。父は慌てて自分を捜しているに違いない。

「いい気味だわ」

……直子は父の顔を思い浮かべ呟《つぶや》いた。

部屋の窓を開けて川の流れに目をやると、水がキラキラと光っていた。

(焦っても仕方ない。京都見物でもしよう……)

そう思いつくと早速街に出た。チンチンと音を立てて走る市電に乗り、車掌に御所に近い駅を問うと、気持ちよく教えてくれた。

電車を降りブラブラと、ただブラブラと御所へ向かって歩いていった。御所の広い芝生には、老若男女を問わず大勢の人たちがゆったりとした時を過ごしていた。

カメラを取り出してシャッターを切っていると、気の好さそうな老夫婦が「カメラマンさんか」と声を掛けてきた。彼らは顔いっぱいの笑みを見せ、写真を撮ってあげると何度も礼を言った。

直子がそこにいた時に、誰一人としてその場から離れようとしないことが不思議であった。

御所を出て、大きな通りを横切ると二条城が見えてきた。観光客に混じって直子も一緒にその中に入った。裏へと続く道を進んでいくと池があり、睡蓮が冷たい水の中で凛《りん》と咲き誇っていた。見事に咲いた桜の花びらが春風に乗り、池に舞い散り彩りを添えていた。

大きな敷地の中には国宝の二の丸御殿や東大手門、本丸御殿などがそびえていた。いくつかある庭園は隅々まで手入れが行き届き見事なものであった。

直子は圧倒され時を忘れるかのようであった。

二条城を出て、人に道を訊きながら南禅寺に着いたのは三時を少し廻っていた。

一人で歩く旅行者が多く目についた。しかしこの街は一人で歩いていても何の違和感もない。むしろ京都を旅するのは一人の方が似合うのかもしれない。それぞれが思い思いにこの街を訪れ、すれ違う旅人同士が話に花を咲かせている。

満足してアパートに帰った直子は、次に行くコースをあれこれ考えていた。

忘れなければならない。角田の面影を払いのけながら今を楽しむのだ……。

嵐山に行った時、橋の真ん中に立って川を見下ろして水面を流れてゆく木の葉を追いながら、父のこと、そして母のことを思った。

父が母の葬儀を盛大に行ったのは、父の心のどこかに母に対する詫びの気持ちがあったのか……それとも、ただ体面を重んじるだけだったのか。直子にはどちらともとれたが、父の傍らでかいがいしく働いていた栄子の姿を見た時に、父に対し一層の怒りを覚えたのだった。

葬儀の後、民江が里に帰ると直子に告げた。民江の実家は長野でも豪雪地帯と言われる所で、高須からは何里もある山村だった。彼女は若い時から母の実家でお手伝いさんとして奉公し、母の面倒を見ていた人である。周りの勧めで一度は結婚したらしいが、直子が物心ついた時には独り者であった。決して自分のことを語ることもなく、また直子の方も民江のことを聞くこともなく長い年月が過ぎ去っていた。

タクシーに乗って鞍馬に向かっていた。運転手が「学生さんか?」と訊ねる。その言葉を受けて、直子は学生のふりをして手帳にペンを走らせた。

山道を越えると目の前に、眩しいくらいに視界が広がった。埃もない空気のせいか、まるで絵に描かれた風景のように鮮やかな青葉が美しい。

鞍馬から貴船に下り川沿いを走る。透き通った川の水が太陽の光を受けキラキラと輝いていた。

「お客さん、どこの学校でっか?」

熱心にペンを走らせる直子に運転手が訊いた。金沢の大学だと答えると何故か嬉しそうな顔を見せ、「金沢も静かでいい所やな」と前置きし、「京都の名所を案内したる」と言い出した。「若い美人には、料金は半額セールや」と声をあげて笑う。

人の好さそうな運転手に直子は甘えることにした。

「行きたい所はどこか？」と問われ、「嵯峨」と答え、車は嵯峨へと向かった。

「この辺は、夏場は蛍見物をする人が群がる」という場所を教えられ、直子は川辺に飛び交う蛍の舞いを一度見てみたいと思った。

車が嵯峨に近づくと、運転手は「嵐山から廻ればすぐやったのに」と言い、京都の地理を知らない直子を笑った。途中、上賀茂神社を見て金閣寺の横を通り、北野天満宮から広沢の池に着いた。

「桜吹雪の京都も最高でっしゃろ」

運転手が少し窓を開けると、新緑の香りが春風に乗って車内に入ってきた。

「娘さん、何で嵯峨に来たかったんです？」

「私、嵯峨が好きなんです。本では何度も読んだことがあるけど、来たことがなかったので……」

「ほう……」

竹藪が多くて、その所々には石仏がひっそりと座していた。竹道を散歩していると、頭上からカサカサという音が聞こえてきたが、それはまるで竹同士が話し合っているように思えた。

いつも旅人を案内してくるのか、運転手は仲間と石段に腰掛けしゃべっていた。

「娘さん、美味しい店へお連れしましょうか？」

運転手の勧めた小料理屋の前で降りると、念仏寺が目に入った。早速運転手が念仏寺について話し出す。直子はただただ感心していた。京都の全てを知り尽くしている彼に敬服した。

一日貸し切りの状態でガイドをしてくれた運転手相手に食事をとりながら、

「あんたはん、いつ金沢に戻るんでっか？」

と、忙しく食べながら訊く運転手に、

「当分帰りません。もう少しこの街にいます」

「ほう……、親戚でもあるんでっか？」

「えっ、ええ……」

「河原町の方でしたなぁ、送っていきますわ」

「ありがとう。本当にありがとうございました」

「よかったら明日も案内してやりますよ。電話下さい」

と言って、運転手は名刺を差し出した。

だが、いつまでもこんな生活が続くはずもなく、一ヶ月も過ぎる頃再び職探しを始めた。

烏丸通りを歩いていて、『女店員募集』の貼り紙につられてその店に入った。昼休みなのか、そこには誰もいなかった。大きな声で声を掛けると、奥から和服姿の男の人が顔を出した。少し怖そうな目をしていたが、笑顔で直子の話を聞いてくれた。そして快く採用してくれたのである。その名を長瀬といった。

長瀬は京都でいくつもの店を持つヤクザ上がりの男であった。

その時長瀬は

「掃き溜めに鶴や」

直子の美しさに見とれポツリと呟いた。

この日を境に、直子は通り名を「里美」と変えて色町に出ることになった。再び水商売の世界に舞い戻ったのである。

果たして「直子」に戻れる日は訪れるだろうか……。

長瀬は純粋で世間知らずの里美（直子）を言葉巧みに操《あやつ》って、いつしか木屋町に店をあてがうまでになった。その店の「ママ」として里美を据えたのである。

「わいは綺麗な花は見てるだけでええのや」

店に来ても静かに飲むだけの妙な男であった。

親子ほど年の違う長瀬であったが、その男らしさに少なからず好意を抱いていた里美であった。

その店には長瀬の子分の安夫も飲みに来た。互いに「オジキ」「安」と呼び合い、二人で何を話するわけでもなく、ただ「綺麗な花」を見ながら黙って飲んでいた。

京都という街は不思議な所であった。客もつき店も繁盛しているにもかかわらず、一年経つとその店を手放すというのだ。何の未練も残さずその店を人出に譲ると……。

そして里美は長瀬の指示どおり、河原町三条に位置するクラブへと移った。その店でシェーカーを振っていたのがバーテンの「安」であった。

いつしか里美と安夫は同棲を始めた。若い二人には毎日がバラ色のように輝き、幸せそのものであった。

河原町を東山に向かっていくと八坂神社の前に出るのだが、その八坂神社に近いアパートで安夫と暮らす里美のもとへ一人の女性が訪ねてきたのは、祇園祭りのおはやしが聞こえる暑い夏の日暮れ時だった。

金沢を出て四年の月日が流れていた。

アスファルトの照り返しは湯気となり、少しの風など何の役にも立たない。

それでも里美は、たまの休みには化粧っけのない素顔のまま浴衣姿でフラフラと、四条大橋まで歩いて鴨川に涼を求めていた。そんなある日、何気なく道行く人を見ていたら、思いがけぬ人の姿が視界に飛び込んできた。その女性は里美の方に向かって歩いてくる。薄い紺の日傘をさし、背を丸くかがめ汗を拭きつつ近づいてくる。

(まさか、こんな所へ……)

里美はその場から逃げると石段を駆け下りた。そして橋の下からその女性を見つめながら泣いた。泣くことなど、もうとっくに忘れていたはずなのに……。

(民……ごめんなさい。民さん、ごめんなさいね)

暫くして思い直し、里美は橋の上に駆け上がってその姿を捜したが、民江は人混みの中に消え見つけることはできなかった。仕方なくアパートに帰ると、

「変なばあさんが来たわ」

安夫が思い出したように言った。

(民江はどうしてこの場所が分かったのか……)

里美は思案を巡らせた。

「それで、何か言うていかはったん?」

「いや、それを置いていったわ」

下駄箱の上に、丁寧に包まれた風呂敷包みがあった。里美はそれを少女のように胸に抱き表に飛び出した。八坂神社の石段に腰掛け、恐る恐るそれを開いた。包みには黒い額縁に収められた写真があった。そこには父の笑顔がある。里美は黙ってそれを抱きしめた。

誰よりも優しかった父を憎み、消息すら報せることなく荒《すさ》んだ生活を送る親不孝を詫びた。遠く離れてはいても、父は自分のことを心配していたであろう。父の手には届いたであろうか。金沢を去る時に出した手紙に『京都の友達の所に行く』と書いたが、そのことが今更ながら悔やまれた。

父は幾度も京都に来たと、娘を捜しに来たと、民江の残した手紙にはそうあった。その言葉に、父の確かな愛を知り愚かな自分を責めた。

(お父さん、許して……)

秋も深い夜のこと、安夫が里美の客に逆上して、相手を刺して死に追いやってしまった。安夫は栃木の刑務所に収監された。

長瀬は店の名を汚されたと怒り二人を追放した。

狭い色町では噂が噂を大きなものにし、どの店でも里美を雇ってもくれず、この街にはいられなくなってしまった。美しいこの街にもすっかり慣れ、十年間は京女として生きてきた里美だったが、安夫の事件以来針のむしろで、人の冷たい視線だけが向けられていた。

しかし安夫のいない京都などに何の未練もない。里美は身の廻りを整理すると、行く当てもない旅に出た。

小さな手鏡に映る自分の顔を見る。鏡の中に安夫の顔が浮かんでは消えた。

(安ちゃん、うちこれからどうしよう……)

汽車は東京に向かって走っていた。

夜の蝶となり、男を相手に酒を飲む……ネオンの中でしか生きられない女に、世間の風は冷たい。

しかし安夫は優しい男であった。彼は自ら別れを言い去っていった。

「元気で生きろや……」

最後の夜、涙を流しながら抱いてくれた安夫の温もりが、里美の体に熱く残る。

（さいなら、安ちゃん……）

孤独な女の道連れは胸に抱いた二人の写真と、安夫という男の温かさだけであった。

三　旅立ち

大都会——札幌。ネオンの街を歩く。

やはりネオンの中でしか生きられないのか……色町に足を踏み入れた。

「あなた、ちょっと年ねぇ」

三十も過ぎると、夜の女として働くには若くはなかった。そのマダムの言葉に足が竦《すく》んだが、ようやく一軒の店で採用してくれた。

「うちはおばさんばかりだから……」

店の二階に塒《ねぐら》をあてがわれ、少しほっとしてか里美はいつしか深い眠りについた。

京都で作った着物を金に替えた。二、三枚着物を持って出たことがせめてもの救いだった。

品の悪い客ばかりの店だった。客は酒臭い息を吐きながら平気で胸元に手を入れる。どっぷりと浸かった商売とはいえ、ついその手を払いのけた。

「おばはんのくせに、何を気取ってるんだ！」

仕方ないと、我慢しながら時の過ぎるのを待つ。

着物の裾に手を伸ばす男の態度に接すると、その人物が獣に見えてきた。だがこの店の女たちは笑顔でそれに応えていた。酔いに身を任せているかのようである。

そんな客の中に一人だけ黙って酒を飲む男がいた。

「あんた、新入りかい？」

「ええ」

「どっから流れてきたんべ？」

「京都から……」

「男と一緒しょ？」

「どうして？」

「何となく……だべ」

「そやったら、こんな所で働くと思う？」

「そりゃそうだべな」

男が笑った。久しぶりに里美も笑った。

「仕事、何してはるの？」

「俺か？　舟乗りだわ」

「ふーん。舟って、楽しい？」

「変わったことを聞くべ……」

「うちも舟に乗ってみたいわ」

「大きな海へ出て行くべ……、爽快な気分だわ」

里美が遠くを見る眼差しになった。

「小さいけど俺の舟さ乗せてやるよ」

「ほんまに？　嬉しい！」

里美は子供のように男に抱きついた。男は時々来ては里美を指名するようになった。

「里美、俺と暮らそう」

突然の言葉に少し躊躇したものの、まんざらでもない里美だったが、

「そやけど、まだあんたをよう知らんし……」

「男と女は一目会えばそれで十分だわ」

男が腕に力を入れ里美を抱いた。

どちらが決めたでもなく、里美と男との生活が始まった。暫くして、思いがけなく里美は妊娠をした。初めてではなかったが、少し嬉しいような複雑な気分であった。ところが、男は妊娠を知ると途端に態度を変えた。

「子供なんぞ絶対に要らん！」

「どうして?」

「早く堕ろして働くんだな!」

「どうして……、産ませてよ!」

「バカヤロー! 働くんだ。分かったな!」

その言葉に里美は唖然とした。

男は里美の稼ぎを目当てに働かなくなっていたのだった。

それでも里美は男に尽くした。小さな命を守るために必死だったのだ。最後に得た大切な宝を守ろうとしていたのだ。帯を締め、突き出した腹を隠して働いた。こんな男の子供でもほしかった。生きてゆく支えに子供がほしかった。

だが毎夜、男たちはその体を弄《もてあそ》んだ。それが与えられた仕事だと自分に言い聞かせ、里美は酒を飲んだ。

夜遅く、疲れきった身重の体を引きずりやっとの思いで家にたどり着いた里美が、ドアを開けた途端にその場に立ち尽くした。明りの消えた部屋に男の姿はなく、箪笥の引き出しが無造作に開けられたままだ。男は有り金を持ち出して行方をくらませたのだった。出産費用も少しの蓄えも消え、悔しさとやりきれない想いが胸を刺した。

「里美ちゃん、悪いけど辞めてちょうだい!!」

ママが里美の体に目をやりきっぱりと言った。

「お願い、ママ！　もう二ヶ月だけ働かせて」

「何言ってるんだい、お断りだわ！」

「お願い！　ママ、後生だから……」

必死で頼んだ。

「あんな男に騙されて、バカだわあんた……」

人を信じなければ騙されることもないのに……。身重の体を引きずって雪の中を歩いた。お金もなく住処の当てもない。気力も体力もなく、最早一歩も歩むこともできず、とうとう一軒の家の前に倒れ込んだ。

暫くして気づくと、大勢の人が自分を見下ろしていた。

「行き倒れか……」

「腹大きいで……」

人の声が耳に入ってきた。急いで立ち上がり、フラフラと歩き始める。

「あんた、大丈夫かい？」

一人の女が耳元で声を掛けた。その女の人は里美の手を取り大きな声で叫んだ。

「誰か手を貸して。早く手を貸して」

道行く女の人が里美の体を支えて車に乗せてくれた。

気がつくと病院のベッドに寝かされていて、頭上から吊るされた点滴が左腕に刺さっていた。

「気がつきましたか?」

看護婦が笑顔で言った。

「後でお名前と住所を教えて下さいね」

(名前、住所……)

里美はその答えを考えていた。

「井田里美です。住所は、札幌市……」

出てきたばかりの住所を言う。どうしても「青井直子」とは言えなかった。ボロボロになり落ちてしまったからこそ言えなかった。

急に激痛が襲う。出血がひどかったのだがその夜遅く出産した。産まれた子供は仮死状態で、息をすることもなかった。白い布に包まれた我が子を腕に抱き、体を震わせ気が狂わんばかりに声をあげて泣いた。

身重の体に無理な労働、加えて深酒の毎日。異常なまでに締めた帯。母胎の中の小さな命は耐えきれず、とうとうこの世の光を見ることもなく逝ってしまった。

(ごめんね。許して……)

里美は自分の愚かさを我が子に詫びる。

「一週間もすれば退院になりますよ」

里美の哀しみになど無頓着な看護婦が決まり事のようにそう言った。そして机の上に請求書を置いて言葉を続ける。その顔には笑顔さえ見えた。

「病院の方で埋葬しますので……。よろしいですか?」

放心したまま里美はその言葉に頷く。

「それらの費用は退院の日にお願いします」

「はい……」

小さくなった腹を愛しげに撫でる。自分は何という罪深い女だろう。今まさに、この世に生まれようとした小さな命を、我が子の尊い命を闇へ葬ってしまったのだ。最後の生きる支えだったはずの新しい命を「母」として守り抜くことができず……

里美は深い悲しみに打ち拉《ひし》がれていた。

時間とともに、我が子を失った悲しみばかりが深い傷となり里美の心を蝕《むしば》んでいった。病室の窓の外には親子連れのすずめが仲良く遊んでいる。放心した、空っぽになった心にはその光景に胸打たれることもなかった。気持ちが萎《な》えていたのだ。

「少しは話せるようになったかい？」

その声にようやく我に返った。掃除婦のおばさんが心配そうな顔をして話し掛けてきたのだ。

「道であんたを見た時はビックリしたべ。赤ん坊は死んじまったが元気出すだわ」

ぶっきらぼうな言い方だが、その目は優しい。

「あなたが私を……」

「んだ」

「ありがとうございました。何とお礼を……」

言葉に詰まる。

「辛い想いをしたっけ。わしはこの病院で掃除をしている富田千津というもんだが、あんたは？」

「私は……、私は井田里美です」

「で、これからどうするね？」

「まだ、何も考えられません」

「そうだべ……。わしの知り合いが小さな飲み屋をやっているべしが、聞いてみようかい？」

「助かります。お願いできますか？」

里美はこの女性に縋りたいと思った。誰かに縋らなければ……、病院の諸経費の工面もつかず、途方に暮れていたのである。

「千津さん……」

里美はベッドを下りると床に手をつき頭を下げた。

「お願いします。お金、お金を貸して下さい」

千津は黙って里美を見下ろしていた。

「したって、どうしてわしに頼むべ？」

「必ず、必ずお返しします」

「頭を上げてけれ……」

「千津さん、私、行く所もお金もないんです」

「……」

「必ず働いてお返しします」

千津は里美の細い肩に手を掛け、

「分かったさ……。病院の費用は払っといてやるべ」

そして千津は里美の体を抱くようにして、

「毎日しばれるけに、ゆっくり休むべさ」

慰め、勇気づけてくれる千津の言葉が今の里美には何よりも嬉しかった。

「わしはあんたば信じるべ！」

礼以外に言葉が見つからず、里美はひたすら頭を下げた。


人の好い千津が迎えに来てくれたのは寒い朝のことであった。

飲み屋の女将とも話がついていて、住処まで手配してくれたと言う。里美は、これほどまで人の情けを嬉しく思ったことはなかった。

その飲み屋は、札幌の中心部からは少し離れた所にあった。大きなビルの谷間に位置し、見落としてしまいそうな店であったが、家庭的な温かさが匂う素朴な感じがした。女将もいい人で、里美のプライベートなことなど一切訊こうとはせず優しく接してくれた。客層も良くて毎日楽しく働くことができた。

北の町の暮らしにも慣れてきた。千津の人柄とその歳月が、里美の辛い想いを忘れさせてくれるようであった。

何度目かの冬を迎えようとしていたある日、女将が突然店を人出に渡すと言い出した。若くない自分の身を考えると不安で、千津に今後のことを相談した。

「うちの父ちゃんが全国を廻って橋やダムを造っているんだわ……」

彼女の言葉に、里美は躊躇することなく飯場に行く決心をした。

「あんた、本気で行くべか？」

千津が何度も訊いた。その現場は北の果てだとも言う。

「どこへでも行きます。もう大丈夫。本当にお世話になって……」

千津の心配顔をよそに、里美が笑顔を見せた。

四　峡谷の秋冬

長いトタン屋根が続く。

飯炊き女の住む小屋は左手奥にあった。そこは悲しみや地獄を見てきた女たちの吹き溜まりでもあった。

しかし汗に汚れて精一杯働く男たちは、口は悪いが心の温かい人ばかりで、何故か里美は心安まる思いをしていた。

頭に手ぬぐいをかぶり、色褪せた服にモンペ姿の里美がいた。誰もその過去を訊かず、また自ら話すこともなかった。

加代という女性がいて、時々大きな溜め息をついていた。それも決まって夕方のことだった。

「加代さん、入らんと風邪ひくよ」

寒さを気遣い里美が声を掛ける。最果ての海からは荒い風が激しい雨を降らしていた。

天気の良い日の休み時間など、里美は浜辺に向かい亡き我が子を偲んでいた。

「里美さん、子供いるかい？」

「おらんで……」

「そう……。わては、子供捨ててきた女だわ」

「加代さん……」

『私も』と、言葉にできぬのが辛い。里美は自分の手を見た。荒れて血の滲む手を。華やかな世界など遠い過去のものとなっていた。

「おーい！　飯はできたかー」

男の声が聞こえた。

「今行くからー」

里美は加代の手を取り走った。

北の過疎地に、汽車を走らせるための工事が続いていた。川に鉄橋を架ける工事だ。

飯場では五人の女たちが男たちの飯を炊いていた。

「里美さん、後一ヶ月で完成だべさ」

「そう、立派な橋が架かるんやね」

「ああ、仕事が終わったら、あんたらも渡るとええよ」

ガサガサと食事を終えると、皆それぞれの部屋に戻っていく。女たちが話し合って、後片付けは交代で行うようにしていた。

遠くには漁火も見える地であった。

落成式を間近に控えたある日、現場の責任者で、男たちを雇用する下請け会社の社長が女たちを食堂に集めた。

「長い間、ご苦労さん」

女たちに頭を下げた。

この橋の完成後は彼らは富山県に行くのだと言う。そして女たちに、給料は今までどおりだが一緒に来てほしいと声を掛けた。自分を必要としてくれる社長の好意は嬉しかったが、里美は迷っていた。行き先が富山だったからだ。三人の女が手を上げたが、加代はこの地に残るという。聞けば、札幌の施設に子供を預けているのだと言った。一週間に一度は会いに行くそうだ。

その日から、里美は迷い続けていた。

男たちが去った後、トタン小屋は撤去されてその地を海風が撫でていた。里美はその場所に花を植えた。もう来ることはないだろうこの地に、海岸近くの雑木林に咲いていた名もない花を植えたのだ。

「あんたは優しい人なんだべさね」

「千津さん……」

優しい笑みを浮かべた千津がそこに立っていた。

「いろいろお世話になって……」

「ついて行くんかい……あの人らに」

「ええ、富山らしいです」

富山――信州にも金沢にも近い土地である。こんな形で故郷の近くに、青春時代を過ごした金沢の近くに行くことになろうとは思いもよらず、正直悩んだ末の決断であった。

富山に出発するまでの数日間、里美は千津と共に過ごした。

行き倒れの里美を病院まで運んでくれ、しかも費用まで出し、仕事場まで世話をしてくれた心優しい千津に、里美は何か少しでも恩返しがしたかった。もらったばかりの給料で千津の服を買い、二人でレストランでの食事を楽しんだ。

楽しい数日間が過ぎて出発する日が来た。千津は里美にもらった服を着て駅のホームまで見送りに来てくれた。

「あんた、もう男なんぞに騙されんようにな」

「もう男はこりごりよ」

里美は笑って見せた。

「落ち着いたら手紙を書くから……、待っててね」

千津も少し目をうるませながら笑った。

「あんまり無理するんじゃないだべよ。体に気をつけてな」

「はい。千津さんも体に気をつけてね。本当にお世話になってありがとうございました」

千津と別れる寂しさを抑えながら、里美は笑顔を見せた。

(千津さんのことは一生忘れないわ)

いつまでも友として大切に、と思う里美であった。

発車を告げるベルがなおさらに里美の寂しい気持ちを誘う。

涼しい風が二人を優しく包んでいた。

列車は海岸沿いをゆっくりと走っていた。線路の継ぎ目が列車の振動を伝えていた。海辺なのに、窓からの風には涼しさが感じられない。海もあまりの暑さに疲れているのか、仕方なさげにうねりを返しているように見えた。九月も終わりだというのに、今年はいつまでも残暑が続いていた。

二日間の列車の旅に、里美はうんざりしていた。やっと富山駅に着いたのは夜も遅い時間であった。

幼い頃に何度か来た駅である。懐かしさが込み上げてきて、暫くの間周りを見廻していた。掛かっている看板こそ違え、駅の佇《たたず》まいは以前のままでとりわけ変わった所も見られない。変わらぬ風景が一層里美の心を辛くしていた。

駅の外に出て、急ぎ足で家路に向かう人たちを遠目に見ながら引き込み線に向かって歩いた。そこで乗り込んだローカル線の最終便には十人ほどしかいなかった。地方のこと、皆眠りについている時間であった。

宇奈月駅に着くと、温泉旅館のネオンだけが遅い客を迎えてくれた。駅前のひなびた旅館に入った。人の好さそうな女将の優しいもてなしに、長い道のりの疲れが癒やされた。湯舟に浸かり眼を閉じると、幼い頃父母に連れられてきた遠い日のはしゃいでいた自分が思い出され、その姿が湯気に霞んでいった。

翌日、宇奈月駅からトロッコ電車に乗り黒部川へと向かった。涼しい風が頬を撫で、深い峡谷の水の美しさに暫し時を忘れた。

橋の基礎工事が着々と進んでいる様が電車の窓から見えてきた。

着いた駅に里美のほかに降りる人はいなかった。川の向こうから手を上げ駆けてくる女たちを見た瞬間、来てよかったとの思いが込み上げてきた。

北アルプスの深い谷、黒部峡谷とは立山と池平山、剱岳を結ぶ稜線と、鹿島槍ヶ岳、岩小屋山を結ぶ稜線によって囲まれた大峡谷のことである。この峡谷を流れるのが黒部川であり、そこには数多くの渓流がある。中でも長さ八十三キロの黒部川本流は富山湾へと流れ込んでいる。名所案内には、大正十五年に日本電力（現、関西電力）が黒部峡谷に発電所を建設するために敷設した専用鉄道を、昭和二十八年に地方鉄道として名称変更されたと記されていた。

峡谷の中にある鐘釣温泉は、万年雪を眺めながらの露天風呂が有名で、宇奈月温泉に次いで年中観光客が絶えることがない。その鐘釣温泉の近くが今度の仕事場であった。飯場は山の谷間に造られていて、この土地からも女たちが来ていた。

「里美さん、心配しただわ……」

今まであまり話したこともなかった塩田幸が心配顔で言った。

「ありがとう。やっと着いたわ」

一ヶ月も過ぎると紅葉の季節となり、トロッコ電車は連日超満員の観光客で溢れていた。列車の線路に沿いコンクリートの冬季歩道が造られていたが、そこは作業員たちが現場への行き帰りに利用していた。

日が落ちると一段と冷え込み、寒さが身に凍みるようになってきた。

飯場に戻って食事をとる作業員は少ないので、女たちは仕切られた歩道を通って現場に弁当を届けていた。歩道には所々に明り取りのための窓が開けられていて、その窓からは電車の走り去る音が聞こえていた。毎日細い冷たいその道を歩いて通った。

里美が外に目を向けることは……、幸せそうな人々に目を向けることはなかった。

女たちは交替で宇奈月まで食料品の買い出しに出掛けていたが、電車に乗るのはその時以外はなかった。

（この山は信州に続いているのだわ……）

深い山の紅葉に雪が混じるような季節が来て、いつしか白銀の世界へと様変わりする辺りの風景は人を寄せつけないほどの険しさであった。歩道のコンクリートはすっぽり雪に埋まり、まるでかまくらの中を歩くような感じだった。頭上から下げられた裸電球が風に揺れ、無気味な音が穴の中を駆け抜けていた。

女たちが命よりも大事な弁当を両手で抱え必死の思いで歩いていく。時折小さな窓から吹きつける雪に頬を背けながら歩き続けた。

一年中、常時百人近い男たちが厳しい自然の中で作業をしていたのである。自分もこの人たちの仲間だと思うと、寒さなどで泣いてはいられなかった。

正月になって、帰る家すらない里美はたった一人近くの温泉で過ごした。他の女たちはそれぞれの郷里に帰っていった。

「わしらと一緒に……」

北海道から来た浅子が誘ってくれたが、それを断り温泉へ来たのである。

里美は冷えきった体を癒やした。


正月が過ぎ、十日後に久しぶりに女たちは顔を合わせた。

「皆さんに話しておくことがありますので」

現場長が夕食後全員を集めた。三十人もの男たちは不安そうな顔つきで次の言葉を待っていた。

「女の人たちにも話がありますので、片付けが終わり次第事務所へ集まって下さい」

浅子が代表して、大きな声で返事した。

不思議と雪国生まれの女が多く、寒さにも強くてたくましい。

現場長の話は特別変わったことでもなく、二月になれば十人男が増えるというものであった。

「皆呼ばんでも代表者を一人呼べばええんだわ」

幸がブツブツ怒っていた。

「わしら寒いのには強いんだんべ。里美さんは細いから大変でしょう」

浅子が笑いながら声を掛けてきた。

「うちも寒さには強いで」

里美も笑う。

「蒲団の中で寝られるだけ幸せだべ」

幸はまた怒ったような物言いをした。

「駅の待合室よりはいいっしょ、ここは」

幸がエプロンで手を拭きながら話す。

「そりゃそうだべ……、あそこは住むには場所が悪すぎたわ」

白髪混じりの浅子が言葉を挟む。

「わしらな、二人共駅でお泊まりしてたんだわ」

浅子と幸は同じ北海道の生まれだと聞いたことがあった。

「飯炊きの募集を見て応募したんべ。百人の女の中でトップで採用されたお二人様だ」

浅子の言葉に幸も頷き大笑いをした。皆もつられて笑った。

女たちは次第に仲を深めていた。辛い過去を背負った女たちのささやかな天国がここにはあった。この女たちの中では一番若い里美も、荒波の中で苦悩し絶望しそれでも生きてきたのだ。しかし皆よりは若いとはいえ、何故か里美は夜の商売に戻ろうとは思わなかった。心のどこかで『恥を知った……』ということか。

ある日、四人の女が連れ立って宇奈月の町へ出掛けた。それぞれが買い物を楽しんだ後食堂に入った。

「また、ダムに沈む町があるだべさ」

浅子が新聞を見ながら独り言のように呟く。里美より少し年上の一番おとなしい道乃が、

「じゃあ、今度はダムの建設工事場だでや」

尖った唇をさらに尖らせ言った。

里美は大きな見出しのその記事を見て蒼白になった。

『長野県高須郡の高須ダム』とある。町や村がダムに消える記事が克明に記載されていた。里美は食い入るように読んだ。

「どうした？　顔が真っ青だべ」

浅子が心配そうに顔を覗く。

「ううん、大丈夫……」

「この高須があんたの郷里かいね？」

浅子の言葉に、

「違う！　こんな所知らん」

里美は強く否定した。その激しい言葉に三人の女は顔を見合わせたが、浅子が言い出した。

「あんた、最後の見納めをしてきたらどうしょ……。長野ならここから遠くないだろ」

女たちも同感だと頷く。

「いいえ、うちには関係ないとこやから……」

「そうだべ……？」

父が、そして皆が愛した故郷が間もなく消えてしまうのである。今更帰ることなどできない故郷への想いが里美の胸を締めつけた。

来る日も来る日も不気味にこだまする爆破の音に身を固くしながら、道なき道を必死で歩く。身も心も疲れ果てて女たちは毎夜死んだように眠った。

切り立った岩山を砕き橋が少しずつできあがってきた頃、飯場暮らしにもすっかり慣れてきた男たちは月に一度の割合で酒盛りをした。ここで働く彼らは全て故郷《くに》に女房や子供を残してきており、共に働く女たちに対しては何の下心もなく仕事の仲間として扱い、一緒に楽しんでいた。

その飯場に、社長と共に来た男性を見た時、里美は逃げるようにその場を離れた。その男性こそ誰あろう、遠い昔愛した角田悟その人だったのだ。

（悟君……）

その人が今自分の目の前にいるのだ。この現実をどう受け止めればいいのか分からず、里美は我が身を隠すより方法がなくて裏山へと駆け登った。

あの時、何も告げず学校を止め金沢を後にしたのである。心配してくれたであろう、捜してくれたに違いない。そんな優しい角田の面影と格闘しながら水商売へと身を沈め、心の中から彼の存在を消し去るのにどれだけの歳月を要したことか。その人とこんな形で会おうとは……。

（立派になられて……。それに引き替え私は……）

消し去ったはずの過去が走馬灯のごとく蘇った。ふと背後に人の気配を感じ振り返る。

「あんた、あの人知っとるべ?」

浅子が立っていた。

「いいえ、知らん人や」

「そうしょ。偉い人だもんな、知らんはずだべ……」

「ええ……」

「したって明日も来るだわ、あの社長……」

里美の心は乱れた。

角田の来る時間が近づくとどうにも落ち着かない里美を浅子が苦笑する。食事の用意も疎《おろそ》かになる。浅子の優しさに甘え、里美は急いで部屋に戻った。

部屋の隅に置かれた箱の上には二枚の写真と、真ん中に小さな位牌がある。

「里美さん、ご飯持ってきたべ」

浅子が里美の気持ちを察してか食事を運んでくれたのだった。

『忘却とは忘れ去ることなり……』いつの日か聴いたラジオドラマのフレーズが、意地悪く頭の中に蘇ってきた。

翌日、急いで食事の片付けを終え部屋に閉じこもっていた里美のもとに浅子が来て、

「里美さん、現場の課長が呼んでるだー」

と大きな声で言う。

「頭が痛いからって……。お願い！」

「一体、何に怯えているだね？」

「浅子さん、うち、あの社長に会いたくないや……お願い！」

「やっぱり知っている人しょ？」

その時、

「何をしとるんだね！」

部屋まで来て声を掛けた課長に、里美は思わず頭を下げた。

「はーい、今行くべー」

浅子がわざと大きな声で返事をした。

急かされて、仕方なく隠れるように浅子の背後に続いた。花柄のエプロンを掛けてマスクをし、レンズに薄い色のあるメガネを掛けて彼女の後ろに並んだ。

「これで全員だわな」

課長が二人を見ると大声をあげた。

机に座り黙って書類に目を通していた角田が顔を上げ、一礼すると思わぬことを口走った。

「実は、この橋が終わり次第全員長野へ行って下さい」

「とうとう、あの地にダムができるんですね」

作業員が汗を拭いながら声を弾ませた。

「今度の仕事は私が責任者です。私は先に行きますが、皆さんよろしく頼みます」

男たちが拍手をした。

近頃の日本は不景気で、仕事にありつけない労働者が溢れていると新聞やテレビのニュースで聴いていた。男たちが拍手したのは仕事を与えられた喜びを表現したものだったのだ。

「角田社長、彼女たちは……?」

課長が聞くと、

「もちろんですよ。飯場は皆さんの仕事の活力源ですから」

皆がどっと笑った。

「あなた……おばさん、風邪ですか?」

一斉に皆の視線が里美に向けられた。里美はうつむいたまま顔を上げることができなかった。

「おばさんとは失礼しました。まだお若い人だ」

「いいんです……」

小さな声で呟いた里美の声を聞いて、角田が急に彼女の近くへ歩み寄った。

「どうしました、社長……？」

課長がビックリしたような声で訊く。

「いや……」

浅子が里美の腕を引っ張ると、

「もう、いいっしょ。さあ片付けに戻ろう、里美さん早く……」

「里美……」

背後で角田の呟く声が聞こえた。


その日から女たちが「一緒に長野で……」と誘うが、里美はどうしても一緒に行くことができないという心と格闘しながら毎日を送っていた。

そんなある日、浅子が湯上がり姿で里美の部屋に来た。

「あんた、あんたは一体、どこの人だべ？」

「なんで……？」

「わしは北海道だわ。亭主が遊び好きでな、いつも女を家に連れてきた……」

お茶を差し出す里美の指先を見ながら話す。

「家の中は本妻のわしと妾と二人の同居生活だった。……そりゃもう毎日痴話喧嘩が絶えなんだわ」

「子供さんは？」

「わしにも一人男の子ができたんだべが、二歳の時、流行病で……。亭主は涙も見せなんだ」

「辛かったやろ……」

「ああ、毎日泣いて暮らしとった」

「そうやったの……」

「我慢できんで家を出たんだべ……。そして塩田と出会ってここへ来たんだわ」

「それでその後ご主人とは？」

「まだ仕方なく、夫婦やってるさね」

化粧っけのない頬は青く大きな目にしゃくれた顎が目立つ顔立ちの浅子である。

額が異様に大きくて、髪の毛も短く男か女か見分けがつかなかった。しかし心根は優しくて、女としてのしなやかさは多分に持ち合わせていた。

「女道楽でグータラときてる。仕方なく私が働いて養っているんだわ」

と言う口調も、その顔もまんざらでもなさそうだ。

「それじゃあ、北海道に帰っていくんやね」

里美が少し羨ましげに訊いた。

「ああ、仕事の休みには時々な」

「ご主人は今何をしてはるの？」

「日雇いで働いてるんだわ。わしがたまに帰ると食事を作ってくれるんだ……」

と嬉しそうに言う。

「離れて暮らしているとその人の良さが分かるちゅうもんだ。で、あんた一緒に来んでこれからどうするだ？」

「まだ、どこへ行くか考えてへん……」

「しったら一緒に長野さ行くべ」

「ありがとう。でも……」

里美は浅子の言葉が本心嬉しかった。

「あんた、今度行く地方の人だんべ？」

「違うわ……、違う」

「わしにだけは本当のこと話してな」

「うちは京都から来たの……」

「あんたは京都の人じゃねえ。わしには分かってるんだわ」

「ごめんなさい……。何も訊かんといて、浅子さん」

「そうか……」

それでも里美はこの人にだけは本当の自分を見てもらいたいと思った。浅子の顔をじっと見て、

「うち……。私は信州、長野の生まれなの」

浅子が（やっぱりだ）という顔をした。

「浅子さん、訊いてもいい？」

「ああ、何だで？」

「そのダムいつできるんやろ……？」

「課長の話だと地元の人たちも移動始めてるらしいべ。半年、いや一年先しょ」

「一年先……」

「あの消える町の人かい?」

里美が頷いた。

「私は理由があってどうしても帰ることがでけへん」

「そったらか……。辛い思い出があるんだんべ、きっと……」

浅子が哀しい目をして里美を見た。

「長野に行ったら手紙を書くだよ。ダムのことなど報せてやるだで。あんたこれからどこへ行くんだい?」

「東京へ行こうと思ってるの」

「知り合いでもいるだか?」

「えっ、ええ、まぁ……」

「いつか聞こうと思っとったんだが……。あんた、若うて綺麗なんにどうしてこんな仕事をするんだ? 頭も良いしほかの女とちょっと違うようにも思えるし……」

「ありがとう、浅子さん。いつの日か話せる時まで待っていて……」

「もうこれ以上何も訊かん。どこさ行っても元気で頑張るだわな」

「ええ。私、浅子さんのこと忘れんし……」

五　哀しい憎悪

男たちは立ち去った。次の仕事場、長野へ行ってしまったのだ。

そして里美もまた、一人で汽車に乗った。行く当てのない旅がまた始まる。それでも貯えた金が里美の心を豊かにしていた。

後ろの席にいる娘たちの言葉が耳に入る。

「早く見たーい」

「私もー」

キャッキャと騒ぐ娘たちの手にポスターらしきものが見える。そのスターに会いに行くのだろう。里美にはそんな彼女たちが微笑ましかった。

「青井洋介って目が可愛いよね」

その声に、里美は改めてそのポスターに目をやる。

「ねぇ、ちょっとそのポスター見せて」

娘たちはキョトンとした顔をしながらも、笑顔でそれを差し出した。

「破らないでね。大切な人なんだから」

「はいはい」

　彼女たちの大切なポスターを借りて里美は食い入るように見た。

　目鼻立ちのいい美しい青年が笑顔で立っていて、その横に大きな文字で『高須――さよならコンサート』と書いてある。

「ねぇ、この人高須って所でコンサートするの？」

「そうよ。だって洋介は、高須の大金持ちの息子よ」

「大金持ちの息子さんなの……」

「ダムであの町沈むでしょ？　だから洋介があの町で最後のコンサートをするのよ」

「美男子ね。お母さんも綺麗な人でしょうね」

「洋介のお母さん？　そりゃあ綺麗よ」

「へぇー、名前はなんて言うのかしら……」

　娘たちは不思議そうに里美を見たが、娘の一人が鞄から本を取り出すと、

「おばさん、この本ね、洋介の全てが書いてあるの。今日は特別に教えてあげる」

「ありがとう。で、お母さんの名前は？」

「お母さんの名前は……えーっと、青井……志保。そう、青井志保だわ」

　里美は動揺する気持ちを抑えて、自分の席に戻った。

（志保の息子がその洋介とは……）

里美は想いを巡らせていた。

（母の栄子はどうしているのだろうか……。弟の悠司は……。そして洋介の父親は……）

汽車が名古屋に着いたのは午後の十時だった。駅の近くのホテルを予約すると、里美はロビーで週刊誌を買った。今まであまり見たことのない雑誌だ。その本の表紙にも洋介の顔写真が載っていた。女性との交際で日本中を賑わせている、超売れっ子スターの顔である。

だが、里美はスターよりも母親の志保のことが気掛かりで長野に行く決心をした。自分より二歳下で父の愛人の娘志保。消息知れずになった本妻の娘を親子してさぞかし笑っていることだろう。

翌日街に出て洋服と新しいサングラスを買った。そして「特急しなの」に乗車し長野へと向かった。二度と行くまいと心に決めたはずであったが、今郷里に向かう列車の中にいる。あの少女たちに会わなければ、本当は今頃は東海道本線の電車に乗り込んでいたであろう。

信州の山々が見えてきた。里美は食い入るように見つめた。

駅に降り、通りに出ると目の前にタクシーが音もなく停まりドアが開いた。

「今日は高須が生んだスターが来るんで忙しゅうなるずら」

運転手の話はここから始まった。

「そうですか……」

「お客さん、どちらまで……？」

勝手知ったる地である。適当な場所を言うと、運転手は何疑うことなく快く返事をした。

「お客さん、高須は初めてですか？」

「えっ、ええ……」

「この町、あと一年でダムの底ずら」

「そうらしいですね」

「寂しい話ですわ。生まれた所がなくなるのは……。ほんに寂しいずら」

「確かに……」

「あそこ見えるに……、あの家」

カーブに差しかかると運転手が山手の方を指差す。その家は紛れもなく里美の、いや直子の生まれ育った家であった。

「青井というてな、あの家の息子ですわ、洋介は」

里美は黙っていた。懐かしい我が家をただ黙って眺めていた。

「青井の旦那さんが生きていたらダムはできなんだ」

「……」

「後妻が旦那さんを殺したずら、みんなそう言うとりますわ」

運転手がブツブツと言う。

「すまんです。つまらん話して……」

ペコッと頭を下げた。

「いいえ」

そう言いながらも運転手は続けた。

「町の人間は誰一人洋介を良く思っちゃいないずらよ。でも今は大スターだに」

「どうして良く思わないんです？」

「そりゃあんた、あの親子は青井の財産を食い潰して有名になったずらよ」

「そうですか……」

「お客さんも洋介を……？」

「いいえ、友達の所へ……」

「そうずら……」

ミラーに映る里美に顔を近づけ微笑んだ。

里美は何も言えず、ただ黙って外を見ていた。盆地を囲む山々は雨雲に隠れている。風が雲を流しているようだ。

「雨ずら……」

運転手は呟くと外を歩く若者たちを見て、

「高須最大の祭りずら」

「そうですね……」

道に転がる石にも野に咲く花にも、言い表せないほどに忘れがたい郷里の香りがあった。時代の流れとともに町も様変わりしていたが、それでも心安らぐ愛着を覚えた。

道の両側には花壇が造られアスファルトの美しい道が続いていた。その道をひっきりなしに車が走る。里美はタクシーを降りて脇の小道を歩いた。少し歩いていくと地蔵があり、その地蔵の裏を下がると町に続いていた。地元の人しか知らない道をゆっくりと歩いていく。ふと下を見ると、頭に白い手ぬぐいをした老婆が上がっ

てくる。よく見ると目が悪いのか白い杖をついていた。老婆は人の気配に気づいたのか頭を上げ、

「おや、こんちは。どなたかな？」

少し掠《かす》れた声で挨拶をした。

「こんにちは」

里美も声を掛ける。

「女の人か……」

老婆は何故か安心した仕草をしてそこに腰を下ろした。

「あんた、どこの人ずら……？」

里美は振り返り老婆を見た。

「東京、東京から……」

「町は大勢の人ずら」

「そうですね」

この老婆が誰なのか里美には分かっていた。時々スーパーマーケットへ手伝いに来ていたおばさんだった。

「友達がこの町にいるんです」

「会いに来たんか？」

「ええ……」

「誰ずら？」

「美千代っていう人よ」

「ミーちゃんかい、そりゃ……。墓参りかい？」

「墓参り？　今、何て？」

「美子代じゃろ、雑貨屋の」

「そう、マーケットの……」

「もう随分前に子供と一緒に死んでしもたわ。罪を着せられて、可哀想じゃった……」

里美には信じられなかった。征夫と夫婦になって幸せに暮らしているとばかり思っていた美千代が、もうこの世にいないとは……。

「それで旦那さんは？」

「旦那って、美千代のかい？」

「ええ」

「あの娘、結婚しとらんのじゃよ」

「えっ、それじゃ誰の子を……」

「青井の倅だに。美千代は青井の妾の子に騙されたんだ」

「悠司に？」

里美が思わず口走る。

「ああ……あんた、よう知ってるがな」

「えっ、ええ……」

里美は言葉に詰まった。

悠司は直子より五歳ほど年下である。その悠司と親友の美千代が……。

「おばあさん、征夫って人知ってる？」

「征夫？　ああ青井の奉公人の征夫ずら」

「そう……」

「青井の旦那様が死んで暫くしたらどっかへ行っただだに」

山裾の墓地の辺りに目をやる。そして、今来た道を引き返しゆっくりと登り始めた。

「あんた……、直嬢さんずら」

(直嬢さん……)

里美は老婆をまともに見ることができなかった。

「おらには分かるし……。目が見えんでもおらには分かるでな」

「……」

「どうして家を出なさった……。旦那様を一人にして」

里美は声が出なかった。一言でも話せばどっと涙が溢れそうだった。

「直嬢さん、この村もすっかり変わってしもうただにや……」

「……」

「高須ものうなる」

「……」

「嬢さんを追い出して、お屋敷を乗っ取った妾の子供の子供だに洋介は……」

「おばさん……」

里美が小さな声でおばさんに声を掛けた。

「直嬢さん、旦那様も奥様も草葉の陰で泣いておらっせるじゃろうて」

声こそ出せなかったが、里美は泣いていた。そして泣きながら歩き出した。山の下には彼女の生まれ育った村がある。その村も、あとわずかでダムの底に消えようとしていた。

老婆が言った言葉があまりにも辛すぎて、里美は暫く屈み込んだ。青井家に縁《ゆかり》ある人たちが、この地で生きる人々の人生をも変えていたとは……。

(お父さん、どうしてなの？　何故なの？……)

里美は心の中で父に問い掛けた。

サングラス越しに、もう二度と来ることもないであろう村が広がっていた。

高須の中央を通る広い道もすっかり舗装され、その道の両側は桜並木になっていた。里美は道の隅の方を隠れるように歩いていた。行き交う人は誰一人として声を掛けてはこない。会場に近づくにつれ若者の姿が目立ってきた。長閑《のどか》な道は駐車場と化していた。

(志保……)

会場の玄関で、ご満悦の様子で笑みを浮かべ人々を迎え入れているのは、里美の義妹志保であった。里美は一層深く帽子の鍔《つば》を下げ、食い入るように彼女を見つめた。そして誇らしげな彼女の顔に唇を噛んだ。だが、その場からは動くことができなかった。飯場暮らしのやつれた自分をどうして見せられようか。哀しいまでの意地が、その場から引き揚げさせた。

志保の姿を脳裏に焼きつけたまま、今来た道を戻ってゆく。

躓《つまず》きだらけの人生を生きてきた姉に比べ、華やかな芸能界の傍に身を置く妹。志保は姉がいたことなど遠い昔に忘れ去ったであろう。

振り返ることもなく、里美は駅に向かった。いつの間にか暗雲が山々から消えていた。

これを「とんぼ返り」と言うのだろう。電車は名古屋駅に入っていた。

電車を降り駅の小さな食堂で空腹を満たした。暫く待合室の椅子に腰掛けながら窓ガラス越しに外の光景を眺めていた。目の前を行き交う見知らぬ人々をただ呆然と見ていた。それでもある種の好奇心も持って眺めるうちに、いつしか長い時間が過ぎているのに気づいた。

(ここでどんな人と出会うのだろうか。運命は一体私をどう操るのか、これから私は自分の道をどう切り開いていけばいいのだろう……)

そんなことを思いながら足の向くまま駅の周辺を歩いていた。駅から暫く西へ向かうと、地名が中村区大門町と示されていた。この街にもその昔に遊郭があったのか、一歩裏道に入ればべんがら格子の古風なつくりの家々が軒を連ねて建ち並んでいた。庇も深くかつての賑わいと趣を彷彿とさせた。

街のあちらこちらには青井洋介のポスターが賑やかに貼られ、嫌でも目に留まる。里美はブラブラと歩きながら時折そのポスターに目をやった。頂点に上りつめた志保の人生に比べ、自分の今置かれている境遇は何と惨めなものだろう。まだ四十も半ばだというのに化粧をして顔を整えることもなく、すっかり老け込んだ自分である。心にも体にもかつての若さはなかった。

日も落ちて薄暗い駅裏のひなびた旅館にたどり着いた。地下街でふと手にした募集のチラシを持ってきていた。この近くの食堂が店員を募集していたのだ。

里美がその店を訪ねたのは翌日の昼を廻った頃だった。人の好さそうな店主は里美を見ると、

「ちょっと年増だけどまぁええわ。明日から働いてもらうわ」

と、簡単に採用してくれた。

店の帰りに早速アパートを見つけ、里美はひとまず落ち着いた。そこは線路の近くにあって、電車の音がやかましくてなかなか寝つかれなかったものの、気がつけば深い眠りの中にいた。

家財道具のない部屋は広々としていて、安物の箪笥を買ってその上に写真を置き手を合わせた。アパートの大家が取りつけたものか虫除けの金網はすっかり錆びて、

切れた網の下には小さな虫が忙しく動き廻っていた。

小さな食堂ではあったが昼ともなると満席になるので忙しく、食事さえ立ってとる始末だった。足が棒のようになり、店が終わるとその場に座り込んだ。二十歳ぐらいの女の店員はいつしか姿が見えなくなった。

(この重労働じゃ、辞めて当然だわ)

この時ほど、老いた自分が憐れと思わずにはいられなかった。

それでもたまの休みには街へ出た。知り合いになった隣の店の店員から、

「あんたとこの店のオヤジにアパートの住所言わん方がいいよ」

と言われて不思議に思ったが、別段気にも留めず小さな店で懸命に働いていた。

数ヶ月過ぎた頃か、店の雰囲気にも慣れてきたある日の夕方、

「あんたに話があったで来たんだが……」

アパートのドアを開けると店主が立っていた。

「店じゃあ、言えんことだでな」

断る間もなく店主は勝手に部屋の中へ入ってきた。

「何でしょうか……」

仕方なくお茶の用意をする里美の背後に店主が歩み寄り、

「あんた、ずーっと一人だって？」

「ええ……」

「寂しいやろ……」

店主は殺風景な部屋の中をジロジロ見ていたが写真に目を留めると、

「あんたの親御さんかい？」

「はい、そうです」

「ほう……、早く死んだんだなぁ、気の毒になぁ……」

と言いながら、里美の肩に手を掛けてきた。

「悪いようにはせんし……なっ、ええやろ。あんたも寂しいんだろうが……」

里美はその手を振り払うと店主から離れた。

「寂しいんやろうが……、一人じゃ……」

「いいえ、慣れてますから……」

「あんたほどの女に男がおらんとは不思議やわ」

「旦那さん、話って何でした？」

「ああ、ほかでもないけどな、あんた誰か身元引受人っておるか？」

「えっ、どうしてです？」

「警察が従業員の調査をしとるんだわ」

お茶をグイッと飲み干すと、店主はまた辺りをキョロキョロ見廻して、

「酒、ないんか？」

舌なめずりするような目をして訊く。

「ビールぐらいはあるだろうが……」

勝手に冷蔵庫を開けてそれを出すと、飲みながらまた傍に寄ってくる。

「あのー、身元引受人って……」

里美は急いで立ち上がり、その場から離れた。店主は里美の腕を取ると耳元に口を近づけ、

「小娘じゃあるまいし、仲良うしようじゃないの……」

離すまいとして、さらに強い力で迫ってきた。

必死でその腕から逃れようと、里美は全身の力を振り絞って突き飛ばした。

その時、突然店主が胸を押さえて倒れ込んだ。

「旦那さん、旦那さーん、しっかりして！」

里美は我を忘れ、急いで受話器を取った。後のことなど考える余裕などなかった

のだ。

病院に来た店主の女房は、

「この売女が！」

と言って、いきなり里美の頬を打った。

「女将さん、違います。私は何も……」

「言い訳など聞く耳ないわ！」

「女将さん……」

「さっさと帰ったらどうや！」

降って湧いたような出来事に里美は言葉さえ出ない。

店主が入院した日からは店にも出られず、どうしようもない気持ちのまま部屋にいる里美のもとへ女将がやってきて、

「あんたのお陰で店は大損だわ。慰謝料払ってもらわんとな」

と金切り声をあげてののしった。

「どうして私が……」

「うちの亭主誘惑して病気にした慰謝料だで、当然払ってもらわんとな」

「誘惑なんて……、どうして私が……」

「分かるもんかね！　何人の男をこの部屋に入れて金を騙し取っているのか……」

「ひどい！」

里美は身を売って金銭を得たことなど一度もない。侮辱され、さげすまれ、里美は自然と声を荒立てて、

「いい加減にして下さい！」

いつしか女同士の言い争いになってしまった。

「そこまで言うなら裁判にでもかけようか？　ええな」

「裁判？　そんな……」

事が公になるのは好ましくない。本当の名前が世間に知れるのが怖かった。里美は仕方なく持ち金の全てを払う以外方法はなく、図らずも非を認める形となってしまった。悔しかったが、冷たい世間の風に泣き寝入りするより術がなかったのだ。

（どうしてこんなことになってしまったのだろう……。あの人たちに会いたい。飯場で一緒に働いたあの人たちに……）

あまりの辛さに、浅子から来ていた手紙を握りしめ打ち拉がれた。彼女に出した手紙には一緒に行けなかった理由と、角田悟のことも書いて送った。浅子にだけは

本当の自分を伝えたい一念だったのだ。そして今は食堂で働いているからと。それがこんなことになってしまうとは……。

一度会いたいという浅子からの手紙であったが、高須に行く勇気もなくて、自ら崖っ淵に立つ思いの里美の心は揺れていた。

六　悪への階段

少々の持ち金も近いうちに底をつくだろう。アパートにも長居はできない。とはいえ行く当てもない。

里美は思い悩んだ末、最後の宝物を金に替える決心をした。それは京都で買った高価な指輪である。北海道でのあの時でさえ金には替えられなかった指輪である。死ぬ時まで離《わ》すまいと持ち続けていた指輪だったが、金に替えることを決心をするにはある理由《け》があった。

金に替えるとデパートへと足を向け、身の廻りの物と安い服を買った。もう一度出直そう……、この地にいなければ二度と志保に会うこともないだろう。何故なら、志保親子がこの名古屋のどこかにも住まいを持っているという噂を耳にしていたからだ。

いつものように街をさまよっていた。別段どこへ行く当てもないのだが、それでも店の求人の貼り紙に目を向けていた。歩いていて、ふと足元に落ちていた財布を拾った。落とし主のものだろうか何枚もの名刺が入っている。相手は誰だか分からないが、とにかく財布の落とし主を捜すことにした。

今池三丁目まで行って、とあるビルの中に入った。名刺にあった会社は確かにこのビルの中にあった。里美はドアを開け、名刺の相手を訊ねた。その人はこの会社の社長だという。

ガムを噛みながら机に向かう事務員が一人、その奥に茶髪の男が二人、どこから見ても普通の会社とは思えない。名刺の相手は里美と変わらないぐらいの年か、少し白髪の見える男だった。喜んだ相手に丁寧すぎるほど頭を下げられ、食事でもと誘われた。一度は断ったものの、わずかな野心が里美の心に湧き上がり同席することにした。

裏街道を歩いている男であることは里美にも分かっていた。名刺の肩書きに目を通しながら、ふと思いついた言葉を投げ掛けてみる。

「あなたの会社、前に聞いていたような……」

相手はビックリした表情をして、

「やばいことは何も……。あんた警察の人かいね?」

と訊く。

話の展開が何故か奇妙になっていく。次の言葉を探しながらスープを飲んだ。

「いいえ違いますわ。私も少し……」

「そうかい」

どんなことをしているのか実態の掴めぬ男であったが、

「実はね、私東京から来たばかりなの。よろしければあなたの仕事手伝ってもいいわ。こちらの警察にも少しなら顔も利くし……」

男はじっと里美を見ていたが、思いきったように、

「分かった。井田さんと言ったね。手伝ってもらうよ」

すっかり信用したのかは定かでないが、横に椅子を運ぶと小さな声で、

「街で見かけた娘をある店に斡旋するんだ」

と言う。

「随分あくどい仕事ね。でも大丈夫よ、私も同じようなことをしてきたのだから」

その言葉に安心したのかどうか、男はビールを一気に飲み干した。

悪いことだとは分かっていたが里美はそれでもいいと思った。今まで信じては騙され、屈辱の限りを味わって生きてきたのである。地獄に落ちても哀しむ人もいない。

こうしてひょんなことからこの会社に勤めることになった里美であった。

社長の知り合いということで紹介されたが、他の社員たちの中に何構うことなくすんなり入れたことが滑稽だった。

今まで悪業の中にどっぷり浸っていたであろう社長も、里美の立てた事業の筋書きに驚いた様子で、

「たいしたものだなあ、あんたも悪やで……」

と言いながら全てを任す始末だった。娘たちは里美の流暢な言葉遣いと柔らかい物腰につられ、疑うこともなく信じ込んだ。娘たちを言葉巧みに操って客に売り込む。一欠片《かけら》の同情も持たないまま……。

会社のシステムにも慣れ、社員たちともそれなりにコミュニケーションを図っていた。警察を恐れる恐怖心はあったものの、それすらかなぐり捨てられるのだから、まさに捨てるものとてない女の意地は恐ろしい。

青井洋介が上飯田の高層マンションを購入したとの話が新聞紙上を賑わせていた。また来春には笠寺レインボーホールでコンサートを開くとある。里美は記事に目を通しながら、社員の前田を呼んだ。

四十前後だろうか、障害があって足を引きずりながら歩いてくる彼は、以前社長からなかなかのやり手だと聞いたことがあった。彼の心のうちを知りたくて里美は

声を掛けた。

「前田君……、内緒はよくないわね」

何の根拠があったわけでもない。叩けば埃の出る人間たちばかりの集まりだ。

前田はその言葉に反応し、「何も隠していない」と言った。だがその目は決まり悪そうにうろたえていたのを里美は見逃さなかった。

「社長には言わないわ。で、メソ（娘）をどこへ？……」

「本当に言わないでくれ」

と念を押し、一冊の本を見せた。

「あなた、要人や著名人に……？」

前田が少し興奮した様子で囁く。「金儲けですよ……」と。

これを機会に、二人は娘たちを売り捌《さば》く計画をそれまで以上に立てた。疑うこともない社長を言葉巧みに服従させ、一蓮托生と前田と共に悪業を続けた。里美が前田を利用するように、彼もまた里美を利用していたのである。二人の約束は、『たとえ捕まろうと、二人で稼いだ利益はどちらかが持つ』こととした。だが、あくどい稼業は長く続くはずもなかった……。

素人娘は値も高く、彼女たち自身も大金に目がくらみ、その上有名人の隠し女としての喜びとやらに満足しているのか、誰一人として裏切る者もいなかった。客に娘を選んであてがうのは里美の仕事であった。

そして金を貯えた里美はいつしか住まいを上飯田に移した。

いつもガムを噛み机に向かっていた事務員に青井洋介のファンかと訊ねると、彼女はボソッと、

「あまり好きではないわ。でも、レインボーホールには行くの」

と言う。

里美が前田を呼びつけて、青井洋介に女をあてがってはどうかと話した。前田は洋介に近づくコネがないと言いながらも、洋介の興業を受け持つ元締めを捜し出すと言って張り切っていた。

矢田川の堤に植えられた花が春風と戯《たわむ》れていた。

里美は浅子を伴ってその川辺を歩いていた。再会を喜び合う二人であった。浅子は「角田社長に里美のことを聞いた」と言った。そして、どうしても会いたかったと涙ぐみ話してくれた。

「里美さん、わしは飯場の女でしかないけんど、悪いことはせん」

里美はそれを聞き、もっともなことだと頷く。

「あんたは優しば心を持った人だったさね……。けどさ今のあんたは違うよ」

里美は「前と同じよ」と笑ったが、浅子の視線を逸らした。

「頭も器量もいいあんたがわしら皆羨ましかったさね。でも、今は羨ましかないだわ……。直子さん」

浅子は寂しい笑顔を残し帰っていった。遠くなっていく電車を見送りながら、浅子の言葉が何故か重くのしかかる。

（誰に何と言われても仕方がない。私にはどうしてもしなければならないことがある。もうすぐ、もうすぐそれも終わる……）

あと少しで、あと暫くすれば志保の泣く顔が、そしてその息子洋介の挫折に苦しむ顔が見られる。必ずあの二人を破滅に追い込まなければ……。里美は自分を捨てる決心をしていた。

一年の刑を終え、里美が出所したのは残雪のある寒い冬の早朝だった。

少しの同情が命取りになってしまったのだ。里美は悔しさのあまり小娘のように泣いた。一斉の責任を負わされ、去年の四月に逮捕されたのである。会社は摘発を受け、住まいも家宅捜索されたが、前田との繋がりは詮索されることはなかった。『売春斡旋』の罪であった。覚悟はできていたが想いを遂げられなかった腑甲斐なさが胸に突き刺さる。浅子の言葉が邪魔をしたのか、それとも里美の持つ本来の性質が頭をもげたのかは里美自身にも分からなかった。悔しさだけが虚しく心に残った。

出所が決まったことを前田に伝えたが、彼に裏切られたことを知る。釈放前のある日、あの女事務員が面会に来て、前田が海外に行ったことを告げた。出所の暁にはまた二人して事業を始める計画まで立て、その資金や里美の金品全てを彼に預け、没収されずに済んだことを喜んでいただけに彼の裏切りに激怒した。

(でも、自業自得だわ……)

最早手に残るものは何もない。今度こそ住む家もない。枯れ木にぶら下がる小さな花が、ただ哀しく目に入ってきた。早朝の澄んだ空気の中、そこかしこに鳩が群がり忙しく動いていた。

いつしか、栄の公園まで歩いてきていた。

その公園の一角が、職も家も失くした人たちの屯《たむろ》する場となり、ささやかな住処にもなっていた。私もこの人たちの仲間になるのか……。体中の血が凍る思いがした。前科者のレッテルは最早剥がすことはできない。

手の届く所まであの二人に近づいたにもかかわらず、また失敗に終わった腑甲斐なさを悔やんだ。


その日から、栄公園に一人の女が塒を構えた。星の瞬く夜の闇に包まれて、自然の語らいに耳を澄ます彼女であった。

五十路だというのに年よりもずっと老け込み、虚ろな目をして通り行く人々をただ黙って眺めていた。直子でも里美でもない、哀れなホームレスに身を落とした哀しい女が一人、ここを塒に暮らすよりほか行く当てのない女が……。

彼女は恐ろしさに体を震わせ、身を固くしてその小屋の中に座っていた。隅に置いた写真が涙で見えなくなっていく。

（こんな姿になってまで生きなければいけないのか……）

今の境遇では、到底復讐など考えることすら無理である。

（私は今まで何をしてきたのだろう……。この場所に屯する人たちと同じように生きなければならないのか……）

頭を抱え声にならない声をあげて泣き出した。

七　公園の人々

木の葉の雫が足元を濡らす。目を開けると雨は上がり星が綺麗に瞬いていた。冷えた体を暖めようと引き寄せた薄い毛布を男たちが靴先でつつき、吐き捨てるように荒々しい言葉を投げ掛ける。

「おい、おばさん！　起きろや」

頭までかぶった毛布から恐る恐る顔を出すと、今にも襲いかかってきそうな強面の男が野太い声で怒鳴った。

「何をするんだい!!　…私の家だよ」

今まで、こんなにも乱暴な言葉を口にしたことがあっただろうか。

言った後で彼女は口に手を当てた。

「立派な家を壊してすまんな」

男は笑いながら再び足で毛布をつっつく。

「早う、ここから立ち去るんだ」

「どうして？　皆いるのにどうしてだ？」

「おばはんは例外だで……」

「例外？」

その光景を見ていた一人の老婆が口を挟む。

「いいじゃあないか。兄さん」

「おまえが見張るって言うんだな」

「そうや……。見てるがな」

男たちが立ち去ると、女が早速横に来た。

「あんた、ちょっとは持っとるんだろうな」

「何を……？」

「金だわ。ここの住民になるには金が要るんだわ」

「どうして？　ここは公園でしょう」

「公園の中でも寝泊まりするにゃあ、金が要るんだわ……」

真っ白の頭に赤いリボンをつけ、色褪せたスカーフを首に巻いた老婆が自慢そうに言う。

道行く人たちは彼らには全く無頓着で、顔を背けて通り過ぎていく。

「今晩はキャッスルだで一緒に来るとええわ」

「キャッスル？」

「食料品の買い出しだわさ。ハハハ……」

老婆が黒くなった歯を見せて笑った。

老婆に連れられて、里美は名古屋城の裏通りからあるホテルに向かった。そのホテルの裏に着くと、ホテルの使用人らしき男たちが大きな容れ物を外に出していた。

二人は彼らの姿が見えなくなるのを待った。そして、老婆はどこにそれだけの体力があったのかと思うほど素早く走り寄り、容れ物に手を突っ込んだ。

「早う、あんたも頂きな」

二人はその中を漁り、逃げるようにしてその場を立ち去った。走りながら涙が頬を伝う。里美は惨めで、どうしようもなく惨めで涙が溢れてきた。

「今日はえらいご馳走だわ……。宴会しような」

老婆は嬉しそうにそう言うと、包みを大事そうに胸に抱いた。

この公園の住人になって日も浅いというのに、何度も何度も場所替えをしてきた。公園の主と呼ばれている老婆の命令もあったが、何よりも同じ暮らしをする人たちに顔を覚えられたくないという気持ちが里美の心を占めていた。

老婆から命じられるまま、昼間は大通りに面した道の隅に正座し、下げた頭を上げることなく人々からの恵みを受け、夜間は時々その金を持って近くの銭湯へ行った。銭湯の帰りには繁華街の通りに並ぶ屋台に立ち寄り、わずかの酒を飲みラーメンを食べる。彼女に声を掛けてくる人もいなかった。店では終始頭を垂れ黙々と食べる里美に、ある時屋台の店主が冗談めいた声を掛けてきたのに乗じて、

「私……、地方から出てきたんですけど、働く所を探しているんです」

と、思いきって話し掛けた。

「そりゃ大変だわなぁ……。このご時世や、なかなか就職口はないわなぁ……」

同情半分、からかい半分ともとれる口調で店主が言う。

「お客さん、何か特技でも持ってりゃーすかね？」

「いえ、取り立てて何も……」

「お客さんぐらいの年だと難しいわなぁ……」

店主がペコンと頭を下げた。

「いいんですよ。本当のことだから」

店主は頭に巻いていたタオルで顔を拭った。

「この近くに公園がありますんやが、大勢の人がそこで暮らしてましてなぁ……」

里美はドキッとした。

「時々その人らが来ますけど、皆ええ人たちばっかりですわ」

郵便はがき

恐縮ですが
切手を貼っ
てお出しく
ださい

160-0022

東京都新宿区
新宿1－10－1
(株) 文芸社
ご愛読者カード係行

書　名			
お買上 書店名	都道府県　市区郡　書店		
ふりがな お名前		明治 大正 昭和　年生　歳	
ふりがな ご住所	□□□-□□□□	性別 男・女	
お電話 番　号	(書籍ご注文の際に必要です)	ご職業	

お買い求めの動機
1. 書店店頭で見て　2. 小社の目録を見て　3. 人にすすめられて
4. 新聞広告、雑誌記事、書評を見て(新聞、雑誌名　)

上の質問に1.と答えられた方の直接的な動機
1.タイトル　2.著者　3.目次　4.カバーデザイン　5.帯　6.その他(　)

ご購読新聞　新聞	ご購読雑誌

文芸社の本をお買い求めいただき誠にありがとうございます。
この愛読者カードは今後の小社出版の企画およびイベント等の資料として役立たせていただきます。

本書についてのご意見、ご感想をお聞かせください。 ① 内容について
② カバー、タイトルについて
今後、とりあげてほしいテーマを掲げてください。
最近読んでおもしろかった本と、その理由をお聞かせください。
ご自分の研究成果やお考えを出版してみたいというお気持ちはありますか。 ある　　ない　　内容・テーマ（　　　　）
「ある」場合、小社から出版のご案内を希望されますか。 する　　しない

ご協力ありがとうございました。

〈ブックサービスのご案内〉

小社では、書籍の直接販売を料金着払いの宅急便サービスにて承っております。ご購入希望がございましたら下の欄に書名と冊数をお書きの上ご返送ください。（送料１回380円）

ご注文書名	冊数	ご注文書名	冊数
	冊		冊
	冊		冊

コップに入った酒を惜しむように飲み干すと、里美はゆっくりと立ち上がった。

「お客さん、田舎に帰られた方がええ思いますけどなぁ……」

里美には、店主の表情が本気で心配してくれているように見えた。

「ありがとうございます。よく考えます」

異様に輝くネオンの輝きが、ここまで落ちた女の心を見透かしているようであった。


口うるさい老婆は風邪で寝込んでいるという。

塒の前のベンチに腰を掛け、何考えるでもなく里美は想いに耽《ひた》っていた。向こうのベンチには老夫婦らしき二人が座っていた。彼らもこの公園の住人であることは一目で分かる。目の前を行き交う人たちを見ながら、「私はあの二人とは違う……」と心のどこかで拒否する気持ちが、なおさら里美を惨めな想いにした。

「あんた、新入りかね？」

後ろから若い男が声を掛けてきた。

「よろしくお願いします」

その奇妙な挨拶ぶりに、

「挨拶はいらんわ」

男が笑った。

「あなたもここで暮らしているの？」

「うん、まぁそんなとこだわ」

息子といってもいい年代の若い男がぶっきらぼうにそう言った。

「今買ってきたばっかりだで……」

男がタコ焼きを差し出した。

「よう見ると、おばさん美人やね」

「年寄りをからかうのはよくないよ」

「俺の母親ぐらいやね……」

「お母さん、お元気なの？」

「分からん。何年も会《お》うてないし……」

「お母さん、君のこと心配してるよ」

「心配なんかしてないわ」

男はフウフウしながらタコ焼きを食べた。

「子供を思わない親なんていないよ……」

男は黙った。

「おばさんは、どうしてここへ来たん？」

「いろいろあってね……。螺旋階段を転がっているうちに、ここにたどり着いたってところね」

「俺と一緒だわ」

「君はまだ若いから、頑張らなくてはダメよ！」

里美は彼の若さが羨ましく思えた。

「この街も俺をお呼びじゃなかったわ……」

「頑張れば何とかなるんじゃないの？」

「憧れと現実が違いすぎたんだわ」

男は最後のタコ焼きを口に入れた。

「もう名古屋ともお別れすることにしたんだ」

「どこへ行くの？」

「田舎へ帰るわ……」

都会の誘惑に負けなかった彼の後ろ姿を見送りながら、里美は何故か安堵していた。

いつものように、里美は銭湯の帰りに屋台に立ち寄った。

店主にはビルの掃除婦をしていると話していた。

「この店のラーメンは本当に美味しいです」

声を掛けてきたのは、時々この店で見かける初老の男性だった。この場所には不釣り合いにも思える紳士であった。

里美は仕方なく小さくお辞儀をした。

「娘を持つと親は苦労しますよ」

急に話し掛けてきて驚いたが、彼の話に合わせて里美は相槌を打った。

「娘さんがどうかしたのですか？」

「ええ、結婚したいと言い出しましてな……」

「良いお話ではないですか」

「それがそうではないんです。娘には私が決めた相手がいるのですよ」

「その方とは違うのですか？」

「ええ……」

そこまで話すと彼は麺を口にした。

ホームレスの生活をする里美にとっては久しぶりの会話であった。普通の人との真面目な会話だ。

「あなた、ここで時々見かけるが近くの人ですか?」

「えっ……」

里美は返答に困る。

「ええ……、この近くで……」

「一度娘に会って説得してくれませんかな……。私の昔の友人ということで……」

「えっ?」

男が名刺を差し出した。

「母親のいない娘が不憫と思い、つい甘やかして育てた私がいけなかったのでしょう……」

里美は耳を疑った。改めて自分の服装に目をやり、恥ずかしさのあまり頭のてっぺんから足の先まで硬直してしまった。惨めな想いであった。そして何と答えてよいのか返事に迷いながらも、そう誘ってくれたことが嬉しかった。

こんなに貧しく卑しい身なりに落ちぶれた者を「ヒト」として対等に扱ってくれるなんて……。

日頃の辛さと屈辱感が胸に込み上げてきて、泣きたい気持ちを必死で抑えた。

「私はこの時間が一番好きなんです。この屋台のラーメンもね」

暖簾の隙間から外を覗くと、路地の左側に黒塗りの高級車が目に入る。運転手らしき男が窓に肘を掛け居眠りでもしているのか、じっと主の帰りを待っているようだった。

「土曜日なら私は会社に出てますから、昼からでも一度遊びに来て下さい。待ってますよ」

優しい物腰で話す紳士であった。

『〇〇会社、取締役社長——鹿取信之助』

渡され名刺を里美は大事に胸に抱いた。

そして、ダンボールで囲った塒の中を見廻しながら行くか行くまいかと迷っていた。一枚の蒲団と毛布の中で体を丸くして、道行く人の靴音を聞きながら迷っていた。

「おばさーん、ナイロン掛けるよー」

大きな声で声を掛けてきたのは、皆から班長と呼ばれている男であった。

里美が入口から顔を出す。

「春は雨が多いからなっ」

彼は各塒を廻り、上手に切ったビニールを塒の上にかぶせて廻っているのだ。

いつも話し掛けてくる隣の塒の男性は、ダンボールに染み込む雨水避けにと、塒の周りを土で囲ってくれた。そして「おまけ」だと言って、公園に咲く小さな花を植えてくれた。

「これで、お屋敷の中までは水が入らんでな」

この男の言葉には、周りにいた皆が笑った。

これほどに、季節を身近で感じたことがあったろうか……。屋外での暮らしが、それを里美に教えてくれた。

今までは人を避けていたが、孤独という恐怖感から人恋しさに飢え、自ら周りの人たちに声を掛ける自分がいた。どうしようもないことであった。

変化のない毎日が続いていた。

桜が満開になると、大勢の見物人がゾロゾロと園内を歩くようになる。自分たちの住処を見る人の数も増え、その視線がなおさらに気持ちを惨めにした。

春と秋には必ず市の職員が来てチラシを配る。この場所からの撤去を求めてだが、どこに行く当てもない住人たちは、ここにいるよりほかなかった。

集めた日銭を手に、いつものように里美が屋台に向かって歩いていた。

「あのー、あなた……」

声を掛けてきたのは、一ヶ月ほど前に話をした鹿取信之助であった。

「こんばんは」

里美は頭を下げた。

「いつもの店に行かれるのですか？」

彼が里美の横に並んだ。

「一度食事に付き合って頂きたいが……」

「冗談は困ります……」

里美は足を速め頬に手を当てる。恥ずかしさが先に立ったのだ。

「お住まいは近くなのですか？」

「ええ……」

何と返事をすればいいのか、頭の中が混乱し言葉が出てこない。できるならこの場から消えてしまいたい。

「私などお誘いにならないで下さい！」

里美は振り返り、彼を睨みつけた。

「失礼とは承知しています」

「お願いですから、私などに声を掛けないで下さい」

「誰にでも声を掛けたりはしません……。時々あの店でお見かけするあなたのことが、何故か気に掛かるのです」

里美は薄笑いを浮かべ、皮肉っぽく言い返した。

「気に掛けて頂いて恐縮です」

ぶっきらぼうな言葉を吐き、店の暖簾を潜った。

「迷惑でしょうか……？」

店に入ると、彼は横に腰掛けて里美を見つめた。里美は唇を噛み、

「迷惑なんです！」

目の前に出された冷や酒を一気に飲み干した。

世捨て人と呼ばれる今の暮らしに落ちたのも、利口に世渡りできない性格故であった。どうにもならない過去に引きずられ、やり遂げることのできぬ復讐に地団駄を踏み、それでも今を生きている愚かな自分が腹立たしかった。

「私のことなどお構いにならないで下さい」

「何故ですか？」

おっとりとした口調で訊き返してきた。

「迷惑だと言っているではありませんか！」

鹿取と名乗った男性が含み笑いをした。

里美は早々にその屋台を出た。

ボンボリに照らされた桜が美しかった。


五月雨の季節が近づくと、公園の緑はひときわ美しく見えた。

しかし柔らかい雨とはいえこう毎日降ると、モザイクのような塒にも染み込んできた。夜の雨ともなれば住人の眠りを妨げた。自然と彼らは大木の下へと集まった。

そしてその大木の下はにわか仕立ての集会場となった。真夜中の集会場にはテントが張られ、中では皆が体を寄せ合い雨を凌《しの》いでいた。

「年寄りさんは真ん中へ入れてやってちょ」

テントを張った男が大きな声を出した。

老人が腰の曲がった老女と共に真ん中へ進んだ。

「皆入るように……」

また先程の男が大声をあげた。

ここではみんなが家族なのだ。遠くで流しのギターの音色が聞こえてくる。その旋律に、誰もが口を閉ざした。哀愁漂うその音色に、泣き出す者さえいた。

（ここは天国なのか、地獄なのか……？）


久しぶりに見えた青空のもと、幾日も溜めていた洗濯物があちこちの塒の前に下がっていた。

里美は公園の入口にある店で新聞を買い、働き口を探していた。一日も早くこの暮らしから抜け出さなくては……。そう思いながら、早くも三ヶ月が経っていた。その間、新聞紙面を賑わす青井洋介の顔が何度涙で見えなくなったことだろう。その都度、塒の隅に置かれた父母の写真を眺めた。

塒の入口を少し高くしたのは、生まれ育った自宅の庭に祖父が設計して建てたという茶室の、その躙《にじ》り口を真似たつもりであった。里美はそこに鉛筆で「躙り口」と書き故郷を偲んだ。

そんなある日、里美は久しぶりに美容院に向かった。彼女の容姿は、誰の目にも公園の住人とは見分けられないだろう。

その帰り道歩く彼女の横に一台の車が止った。

ドアが開き、降りてきたのは鹿取信之助であった。

「ここで貴女をまっていました」

「お願いですから私のことなど構わないで下さい……。お願いします」

歩き出した里美の手を取り、

「今日は食事に付き合って下さい」

「いいえ、ご一緒できません……」

運転手も降りてきた。

「私は、私は社長さんのようなご立派なお方からお誘いをお受けできるような……、女じゃありませんから……」

「私など、決して立派な人間ではない……」

運転手が「お乗り下さい」と言う。

鹿取の強引さに負けて、里美は仕方なく車に乗り込んだ。車中では一言も話さなかった。いや、何を話せばよいのか、その言葉が見当たらなかったのである。

「あなたは名古屋の人ではありませんね？」

横に座る鹿取が、里美の横顔に話し掛ける。

「お名前を教えて下さいませんか？」

「えっ、はい……里美、里美といいます」

「ほう、里美さんですか」

短い会話も終わり、その後は二人共黙っていた。

車が大きなレストランの前で停まった。里美は促されて降り、彼の後に続いた。

奥の和室に通されて、席に着くなり、

「本当の名前を教えて下さい」

鹿取が笑顔を絶やすことなく訊ねてきた。

「青井、青井直子といいます」

吐き捨てるように、そして愛おしそうにその名を言った。しかし言ったすぐ後で我に返り、両手を唇に当て、もう一度その名を口にした。

まるで記憶喪失にでもなったかのように、長い間名乗ることもなかった本当の名を口にして、里美は動揺していた。京都で本名を捨ててから、どれだけの歳月が流れたのだろう。それ以来知り合った人たちの中で、過去の自分を話したのは浅子一人であった。

「青井直子さん。いい名だ……」

里美は年甲斐もなく顔を赤くした。

「生まれは？」とも訊かれ、「長野」だと答える。

テーブルに料理が運ばれてきた。

「私の店ですから遠慮は要りません」

鹿取が料理を勧めた。

「長野へは時々行きますが、長野のどの辺りですか？」

「高須という小さな村です」

「高須には大きなダムができましたね」

その言葉に小さく頷く。

「余計なことをお聞きして申し訳ない……。ですが、あなたは多分良家の人だったのだろう……」

「いえ、ただの宿無し女ですわ」

「それなりの経緯《いきさつ》があったのでしょう……」

身を持ち崩しても、その場のマナーは幼い頃より体で覚えたもの。言葉の端々が、何気ない仕草がそれを物語っていた。

「高須を出られたのは？」

と訊かれ、金沢へ行ったと答える。

「大学ですか?」

「はっ、……はい」

「私の思っていたとおりの人だった」

(でも、その後のことは語れない……)

「その後はいろいろなことがあったのですね」

鹿取の穏やかな話し方が、屈折した里美の気持ちを解かしてゆく。

二人はゆっくりと語り合った。

「何度も言いますが、私は社長さんの考えておられるような女じゃございませんから……」

「私は、過去にはこだわらない主義でしてね」

笑顔でそう応えた。

「失礼だが、持ち金はあるのですか?」

その言葉に里美は頭を垂れた。

「あなたの好意だけで十分です」

としか言えず、金は受け取らなかった。

小さな箱を前に置き道行く人が投げ入れる小銭で飢えを凌ぐ。

暑さが体を衰弱させていく。時々近くの銭湯へは行くものの、日中の茹だるような暑さが体中に染み込み、夜ともなると蚊や虫たちが容赦なく襲ってくる。夏だというのに毛布を体に巻きつけ眠りについていた。

（朝、目が覚めるだろうか？　このまま死ねればどんなに楽だろう……）

鹿取と食事をともにしたあの日の出来事が心の中で大きく広がってくる。待っているわけではないが、やはり辺りを見る日が続く。あの日以来その人の姿は見当たらなかった。

仲間の一人がリンゴを一個差し入れてくれた。その男の人の後ろ姿に大きな声で礼を言う。背まで伸びた髪は天然パーマのようになっていて、その後ろ姿には言い知れぬ孤独感が漂っていた。男は振り返ることなく片手を高く上げながら遠ざかった。

生きているのか死んでいるのかも分からない日々が続く。それでも、何とかこの暮らしから脱出しなくては……、との想いから風に乗り舞ってくる募集のチラシに目をやった。

月日は里美の心を読み取ることもなく過ぎていく。幼い頃より習慣であった日記帳を読み返し遠い日を偲ぶ。幸せな時は心も弾み字も美しく長々と書かれてあったが、時に空白が多い日があるのはそれだけ気持ちを表す文章が書けなかったから……。

（今更遠い日を懐かしんで何になるのだろう……）

盆が過ぎ朝夕に涼しさが感じられるようになったある日、目の前に立つ人があった。誰あろう、鹿取信之助その人であった。

「もっと早く来るはずでしたが、仕事で遠くへ行っていたものですから、今になってしまいました」

と鹿取は言った。

「私と一緒に来てくれますね。直子さん」

「一緒に行きなよ」と口を出す者もいれば、「騙されるんじゃないよ」と止める者もいた。すっかり仲良くなった周りの人たちが罵声を浴びせた。

「私は行きません。帰って下さい！」

惨めさが先立ち、思わず大きな声で叫ぶとその場から逃げ去った。

数日後、仲間の一人が場所替えを勧めた。仲間意識からか、誰にも気づかれないであろう場所を当てがってくれたのだ。嬉しいような寂しいような複雑な心境の中、幾日かを過ごしていた。

夜露に目が覚め辺りを見ると、一人の男が塒の横で寝ていた。顔を見るとまだ若そうな男である。

「風邪ひくよ」

声を掛けたが答えはなかった。自分の掛けていた毛布を男に掛けると、里美はまた眠った。暫くすると男が声を掛けてきて、「ありがとう」と言って毛布を返した。そして、「東側の松の木の下で朝食をとるから来るように」と言う。

一応の身だしなみを整えその下に向かうと、二十人ぐらいはいただろうか、中に夫婦者が三組もいるのには驚いた。朝から賑やかな食事会である。肉あり魚ありで皆が「食べろ食べろ」と勧める。どこから仕入れてきたのか台の上には多くの食べ物が並んでいた。

「今夜は商店街の夜祭りがある」と言い、「出掛けるのだ」と意気盛んに話す者もいれば、「近くのホテルで結婚式があるからご馳走にありつける」と満面の笑みを浮かべている者もいる。

何日も風呂に入らない人も少なくない。だが公園の住民は外見だけを取り繕い高価な物を身に纏う人たちよりもはるかに人間の心を持っている。そのことが分かるのに時間などいらなかった。

(あの紳士も、ホームレスの私に少々の同情と好奇心を抱き、近づいてきたのだろう)

そう思うと妙に腹立たしく侘びしい。

(あの人のことは忘れなければ……)

そんなことを思いながらも、自分というものをどこかに捨てなければここでは生きられないことを知る里美であった。

厚手のダンボールで囲ってあるその中にどこから進入してきたのか小さな虫が這い、その虫たちを追って蟻も忙しく行進しているのを見つめていた。ふと気がつくと少年が中を覗き込んでいた。恥ずかしそうに笑顔で返す。よく見れば少年の格好もその可愛い顔も公園の住民であることが一目で分かる。里美は笑顔のまま這って外に出た。

少年がもみじを差し出した。

（この少年もまた、火の気のないこの場所で冬が越せるのか……）

小さな手を両手で包むと涙が溢れた。


日中は少し暖かさを感じたが、夕方ともなるとその風は細い体を震わせ、じっとしていることとさえできないくらいである。

暫くウロウロと歩き廻っていた。

「おばさん、寒うて眠れんのか？」

あまり見かけない男が気軽に声を掛けてきた。

「あんたどうしてこんな所にいるの？」

その男に訊ねる。

「どうしてって言われても、困ったなぁ……。おばさんは？」

地方から出てきたと言う。会社が倒産したのだとも言う。暫くはパチンコ屋に勤めていたが、ちょっとお金を拝借して捕まったのだと言って笑った。

「私などは家も取られてしまって……。行く所もなくなって……」

二人の話の中に入ってきたのは、七十に手が届くだろうか老いた夫婦だった。

「身内の方は？」

心配そうに訊ねると、

「国がいかんのだわ……。年寄りのことを考えん国がいかんのだわ」

男が怒ったような顔で言う。

「まだ若いからその気があるなら働き口はあるわ。こんな所で生活していてはダメよ。早く見つけて働かなくてはね……」

と男に言うと、彼は肩を竦めその場を去ったが、暫くすると大きな物を抱えて戻ってきた。老夫婦の塒の前にそれを下ろすと、

「毛布を持ってきたので使うとええよ」

と大声で言った。（心の優しい人なのだ……）と、里美は彼の行動を微笑ましく見ていた。

取り立てて変化もない生活を送っていた。一日ボンヤリと活気に溢れる街を見ながら、仲良くなった人たちの輪の中にいた。今まで想像もしなかった暮らしである。大きな桜の木の下に陣取る老人が体を悪くしたという。一斉に皆が走り寄る。小さな塒の中には苦しそうに息を吐く老人が横たわっていた。

「さあ、皆どいて！」

人を掻き分けて中に入っていったのは、顎髭が胸まで伸びた、頭の上に小さな帽

子をのせた男だった。仲間は彼のことを「先生」と呼んでいた。

「風邪だわ……。大丈夫、熱もない」

皆ほっとした表情でその場から立ち去った。

「兄さん、あの人誰だろう?」

彼は大きな病院の医者だったという。大きなミスをして医師免許を剥奪されたらしいと話した。いろいろな人がいるのだと思うと、何故か元気が出る思いがした。それぞれが人には言えない十字架を背負いこの地に集まってきたのだ。先生と呼ばれる男性も本当なら高い地位を確保していたであろうに……。彼の周りにはいつも大勢の仲間が群がっていた。それは辛い想いを経験した彼の優しさが、人々を惹きつけているのではあるまいか。

失うものはもう何もないこの生き方が、皆の張りつめた緊張をほぐすのだろう。

時々吹く突風が里美の塒を壊した。体の上に寄りかかってきたそれを急いで修復しながら、風に遊ばれる木を眺め大きな溜め息をついた。

秋が去り、冬が近くまで来ていた。これから近づく寒さの中、貧弱な体では耐えきれないであろう。目の前の現実を呪いたい気持ちのまま日は過ぎていった。

声を掛けながら塒を見て歩く当番ができた。冬の間は毎年行われることだと教えられる。

北風よりも強い憎しみの心が消えたわけではない。だが今となってはどうすることもできなかった。女とは所詮こんなにも弱い者なのか。

（私はまだ死ねない……）

里美は大声で叫びたい衝動にかられた。


時々立ち寄る屋台の主人から頼まれて手伝う麺の買い付け仕事から得た、わずかに貯えた日銭を持ってデパートへ向かったのは、雪花の散る寒い日であった。他の人たちのように、廃棄所から持ち帰った服を身に着けられないのは、捨てたはずのプライドがまだ心のどこかに残っていたか……。ダンボールに仕舞っている馴染みの服は里美に似合っていた。

この地に来て半年も経つと、同じ境遇の人たちとは自然と仲良くなる。先生と呼ばれ、誰からも慕われていた彼を里美も慕っていた。その彼が口癖のように言うのは、

「ここにいる人たちの健康状態が心配だ」

と。何人かの人が彼の口利きで仕事にも就いていると聞いた。名古屋市の行政機

関にホームレスたちのための施設設置等々を働きかけていると聞いた時、里美も何らかの手助けをと申し出たが、

「あなたの気持ちは嬉しくちょうだいしますよ。ですが僕だけで大丈夫ですから……」

彼は穏やかに断った。

冬場になると、市の助成金で、家を持たない人達のためにボランティアの人達が炊き出しを始めてくれる。

寒い朝に配られる一杯のみそ汁は、皆の冷えた体の芯まで暖かくした。

デパートは歳末の大売り出しで大勢の人で賑わっていた。その日の里美は何かを買う目的があったわけでもなく来ていた。ふと店内の掲示板の横に貼られた大きなポスターに目が留まった。

『青井洋介――新春オン・ステージ』とある。暫くは睨みつけるように見ていた。

運命の悪戯か……、異母妹弟とのあまりにも違いすぎる生き方に、悔しさだけが胸を締めつけた。

デパートを出て大通りに出ると、里美と同じ境遇の人が身を縮めて正座していた。前に置かれた錆びた金物に、乏しい財布の中から小銭を出して入れる。

公園の近くまで来ると、

「あんた、立派な男の人が来て渡してくれって……」

老女から手紙らしきものを渡された。受け取ったものの、中を見る気にはなれない。

小さな置き時計が冬の日の夕刻を告げていた。いつものように少年を相手に夕食をとる。

「おばさん、どっかへ行くの？」

「どうして？」

「だって、この間おじさんが来たから……」

ダンボールの上の封筒に目をやる。

「おばさんの毛布あったかいなぁ」

少年が毛布にその小さな体を入れた。

「食べたら戻らんとね……。雪が積もるよ」

二人が外を見る。

「君んちも、この場所を出て行くって聞いているけど……？」

少年は父親と二人でこの地にいたが、話によれば、先生の世話である工場への就職が決まった父親は、近いうちに社宅に入るらしいと聞いていたからだ。

「おばさん、遊びにおいでよ」

「うん、行ってもいいの?」

「いいよ。コンクリートの家だって……、暖かい家だって」

「よかったね」

里美は心からそう思った。


十二月十六日、外を見ると一面銀世界になっていた。

「直子さん……」

入口から顔を覗かせたのは、誰あろう鹿取信之助であった。

「何か……、何か……」

「手紙に書いておきましたように、迎えに来たんです」

封も切らずに置いたままの手紙に思わず目を向けた。

「少し……、少し待って頂けませんか」

化粧をしながら考え続けた。

(彼がいかなる人であろうといいではないか、これからの自分を彼に託そう。その道がまたしても地獄であろうと、今以上に沈むことはないだろう……）

「少し話したいんだが……」

二人は大木の下まで歩いた。

「あなたの故郷、高須へ行ってきました」

「そうですか……」

心ならずも他人事《ひとごと》のようなふりをした。

「今年の冬は寒い……、あの住処では風邪をひきますよ」

鹿取が静かに笑った。

「人にはいろいろな暮らしがある。だが、その暮らしに似合わない人もいるのです」

目の前の小さな木が風に揺れ、カサカサと音を立てて雪が舞い落ちる。

「私のような若輩者には何もしてあげられないかも知れないが……。あなたを放っておくことができなくてね」

里美は深く頭を下げた。

そして彼の顔を初めて直視し、背筋を伸ばした。

二人の視野には、老いた夫婦が日溜まりの中でひとときを楽しんでいた。

溢れた涙が里美の頬を伝う。

「さぞ辛い想いをしてきたのでしょう……。今からでも遅くはない、出直すのです」

里美は今一度頭を下げた。

運転手が大きな袋を手に近づいてきた。

「住宅を壊しますよ……。よろしいですね？」

里美は急いで塒に戻り荷物の整理を始めた。

「あなたのことは全て調査済みです」

運転手が耳元で囁く。

「何も心配いりませんよ……」

里美は立ち上がって鹿取を見た――。優しい笑顔が返ってきた。

この日を境に、この公園から一人のホームレスの姿が消えた。

何と言う
惨めで哀しい我が姿
落ちていく
この身を隠してしのび泣く

第二章

一　運命の糸

正月も過ぎたある静かな午後。直子（里美）は信之助との雑談に花を咲かせていた。相談相手にと言われ、彼の会社の話を聞いていたのである。

「旦那様、私なんかにそのような大事なことまで……」

とは言いながらも、率直な返答をする直子の頭の良さを信之助は高く評価していた。いつしか直子は女として、彼を愛するようになった自分に気づいていた。

「君に任せたい店があるんだよ」

「えっ、私にですか？」

「この店なんだがね……」

部屋に掛けてある写真を指さした。この広い応接間には鹿取の所有する店や工場の写真が沢山飾られている。

「私にできますかどうか……」

自分を救ってくれた恩人とも言うべき人の提案である。この人のためならどんなことでもやらなければ……。彼の期待を決して裏切ることはできない。

その店は栄町のほぼ中心に位置し、彼の持つ店の中でも最高の売上を維持する高級レストランであった。この店を拡張するとの話は以前から聞いていた。直子のずば抜けた経営能力を高く評価する信之助や重役たちが決めたという。

直子が事業家として邁進する手始めであることは言うまでもない。

そして半ば諦めかけていた想いが再び頭をもたげてきた。決して忘れたわけではなかった。

（志保に会える……。どんなことをしても会わなければ……）

そんなある日、店にやってきたエミに訊ねた。

「青井洋介の名古屋公演ってないのかしら？」

「直子さん、彼のファンなの？」

エミが不思議そうな面持ちで訊く。

「ええ……まあね。最近は演歌も歌ってるものね」

「驚いたわ。実は私もファンなのよ！」

支配人用の大きな部屋で書類に目を通しながら話していると、慌しくドアが開き、

「支配人、ちょっと来て下さい」

ドアから副支配人の丸井が、少し顔を引きつらせ部屋を覗いた。

「どうしたんです？」

丸井は続ける。

「三人の無銭飲食者なんです……」

「それで……、その人たちは？」

「向こうの控え室の方に……」

直子が丸井と一緒にその部屋に向かう。

女性二人と小学生ぐらいの男の子が黙ったままうつむいて座っていた。

直子はその前に腰を掛け横に立つ丸井に言う。

「コーヒーを三つとジュースを持ってきて下さいな」

丸井はビックリした顔をしたが、一礼すると外へ出て行った。女性たちはモジモジしていたが床にひれ伏し両手をついた。

「許して下さい。もう二度としませんから……」

その姿を見て男の子も同じ格好をして直子に頭を下げた。

「頭を上げて……。さぁ、掛けなさい」

直子は笑顔でそう言った。

「お願いです、警察には連れていかんで下さい……。お願いします」

直子は暫くは黙って三人を見ていたが、

「君、何年生？」

直子の言葉に女性たちは驚いたように顔を上げた。そして暫くして少年が答えた。

「五年生……」

やっと聞き取れるような小さな声だった。

直子はふと征夫を思い出していた。遠い昔、直子は同じような言葉を征夫に掛けた記憶が蘇る。店員が飲み物を運んできた。

「さぁ、飲みなさい！　遠慮はいらないから」

男の子は初めて笑顔を見せ、嬉しそうに飲み始めた。

「さぁ、皆さんもどうぞ……」

直子は二人の女性にも勧めた。

「では、どうしてこんなことをしたのか理由を話してくれませんか？」

女たちは顔を見合わせてこう言った。

「美味しいものが腹いっぱい食べとうて……」

「お金もないのに……ですか？」

「この子に……、いつも拾い集めたものばかりで……」

「拾い集めたもの？」

「僕、ラーメンが食べたかったんだわ」

少年が二人の女性を見ながら言う。

「お住まいは？」

三人は黙って下を向いた。

「お願いします。私だけ警察に突き出して下さい！」

「お母ちゃん、何言うてるん。私が行くから……」

（そうか、親子だったのか……）

直子は改めて二人の女性を見た。

「警察には言いませんよ」

直子は心の中で思う。

（立場が逆転しただけなのだ）と。

（こうした行動をとるのは私だったかもしれないのだ）と。

直子はこの親子を責める気持ちにはなれなかった。

結婚式を明日に控え、顔いっぱいに喜びの表情を浮かべたエミが直子に声を掛けた。

「直子さん、お父さんのことどう思ってますか？」

「どうって？」

「好きかどうかってこと……」

直子は思わず笑った。

「ええ、好きですよ。大好きですよ。素晴らしい方ですものね」

「もう……、はぐらかさないで下さい！」

直子はまた笑った。

「直子さん、私のお母さんになって下さらない？」

エミが今度は真剣な顔で言う。

「直子さん、お願い。お父さんと結婚して私のお母さんになって、ねっ！」

唐突なエミの言葉に直子は戸惑った。

「あなたのことお父さんから全部聞きました。長野の高須という所の人だってこと、青井家のお嬢様だったってことも……。それから青井洋介の伯母さんだってことも」

「それはもう遠い昔の話ですよ……」

「私が小学校の時にお母さんは亡くなったの。いろいろあってお父さんを憎んでいたわ……。でも今では感謝してるんです」

「そうですか……」

直子はそのわけを訊こうとはしなかった。

「何でも相談できるあなたがいてくれるから……」

エミは満面の笑顔で直子の背中に手を掛け甘えた。

「今度はあなたが幸せになる番ですよ」

「そんなふうに思って下さってありがとう。でも私は今までどおりで十分ですよ。家族のように大事にして頂いて……」

「直子さん、お父さんのこと、これからもずっとお願いしますね」


名古屋城の桜は満開になっていた。夜桜見物の人たちが城の中に吸い込まれていく。お城の前の公園の、『満員御礼』と書かれた大きな札が人々の笑いを誘っていた。その札を無視して人々が公園の中へ入っていく。

直子は車の中からその風景を見て思わず微笑んだ。

「なかなか進みませんね……」

運転手の寺田が窓から身を乗り出して言う。

「そうね……、花見だから仕方ないわね。そうそう寺ちゃん、矢田川へ行ってくれない？」

「上飯田の方ですね……」

「ええ」

直子は以前無銭飲食をしたあの親子のことを思い出していた。女たちは直子の質問に住まいは「守山区の……」と言葉を濁したが、その時少年が「矢田川の川原」と言って母親が慌ててその言葉を撤回したことを頭から消し去ることができなかったのである。

公園を過ぎると車はスムーズに流れ、大曽根を通り抜けて上飯田へ入り矢田川へと進んだ。

「矢田川に着きましたけど……」

「そうね、じゃあ停めて下さいな」

「こんな所でどうするんです？」

「いいのよ、寺ちゃんはコーヒーでも飲んできて……」

直子は車から降りると川の土手を歩いた。川辺には大勢の人が暮らしていた。藁で囲った小さな小屋が並びその周りでは子供たちが遊んでいた。心地よい風が吹いていた。川辺に植えられた桜が美しい。

「あっ、おばさん！」

土手を歩く直子を見て一人の少年が駆けてきた。

「母ちゃーん」

少年が川で洗濯する女性を大声で呼んだ。

女性はペコンと頭を下げたが、また後ろを向いて手を動かし続けた。

直子は女性の近くまで歩み寄る。

「こんにちは」

女性は振り向きもせず、

「何か用事ですか……。あのお金は父ちゃんが帰ってきたら持っていきますから……」

「いいんですよ……」

「じゃあ、何の用です？」

彼女は怒ったようにそう言うと直子を見た。

「あなたにお願いがあって来たんです」

「私に？……」

「そうです。おうちの中に入れてくれませんか？」

「奥様のような方が入る所じゃありませんから……」

直子はにっこり笑う。

「そう言わずに入れて下さいな……。お願いします」

仕方なさそうに彼女は先に歩き出した。

「あの……、着物が汚れますから、やっぱり外で……」

「いいんです。入れて下さいな」

その中には綿のはみ出た蒲団が二枚重ねてあり、隅には小さな箪笥が置いてあった。その上にローソクが三本のせてあるだけの暗い住処である。

「おばさん、お茶入れるよ」

少年はローソクの横にある茶碗を直子の前に置くと、黒くなった小さなやかんから茶を注ぐ。

「翔、止めな！　奥様に失礼だよ……」

母親が恥ずかしそうに息子に言う。

「いいえ、おばさん嬉しいわ」

「よかった！　僕、朝宮翔っていいます」

「そう、翔君っていうの、いい名前ね」

直子は少年の頭に手をやりそっと撫でた。

「奥様、お願いって何です？」

母親は少し怯えた眼差しで訊ねた。

「翔君、お母さんと少しお話があるの」

少年はおずおずと外に出て行った。直子は率直に彼女に話し出す。「あなたさえよければ家へ迎えたい」と。「母親も少年も一緒に迎えたい」と……話し出した。

気になるのか、少年が隙間から中の様子を伺っていた。

彼女は少し困惑した表情を見せ、直子の真意を測りかねたようであったが、直子は次の質問を切り出した。

「ご主人は？」

「主人は、主人は刑務所に入っています……」

「ごめんなさい。立ち入ったことを訊いて……」

「いえ、いいんです。うちの人……ヤクザなんです。バカな人です」

「暴力団ですか？」

「組の人の身代わりで入っているのです」

「そう……、それで後どのくらい……？」

「まだまだ、五年か六年か……」

「組の名前は？」

「神戸の山川組です」

「それで、面会は？」

「一度も行っていません」

よく見ると、彼女は美しい顔立ちをしている。三十も半ばくらいだろうか。

「ところでお母さんは……？」

「働きに出てます」

「あなたのお母さんなの？」

「ええ、私の母です」

「じゃあ、三人で暮らしているのね？」

「ええ……、そうです」

「あなた、出身はどこ？」

「長野です」

「長野……。そう、長野のどの辺りなの？」

「はい、駒ヶ根の麓《ふもと》です」

「じゃあ、高須ダムの近くよね」

「はい。……お詳しいのですね」

「あちらに知り合いがあるので……」

「そうですか。静かな山の中です……」

嬉しそうな顔をして少年が立っていた。

「ごめんなさい、突然伺って……」

「近いうちに訪ねてきてほしい」と言い残し、直子はそこを後にした。

「直子さん、明日から福岡に行ってきます」

新聞を見ていた信之助が言った。

「今度の株主総会にはあなたも出席して下さいよ」

「私もでございますか……？」

久しぶりに過ごす二人だけの時間であった。エミも栄町のマンションで新婚生活をスタートしていた。

「直子さん、もういいでしょう？　この家の本当の家族になっても……」

「旦那様……」

「私はもうすぐ六十五です。あなたさえよければ妻になって頂きたいのだが……」

「勿体ないお話ですわ」

「じゃあ、いいんですね」

この屋敷に来て何年になるだろう。信之助の口からは初めて聞いた言葉である。こんな幸せに巡り会えるとは夢のようだった。直子は初めて信之助の優しい腕に身を寄せた。

その日を境に青井直子は大富豪の妻、『鹿取直子』と名を改めた。

二　予期せぬ出来事

「奥様、駒ヶ根の大根煮を作りました」

ドアの前に立って大きな声で話すのは朝宮恵子である。矢田川の川辺で暮らしていたあの母子を引き取り屋敷の近くに住まわせ、母の恵子を我が家で働かせ息子の翔を学校に通わせていた。元気だった恵子の母親は体調を崩し横になる日が多くなっていた。翔は時々遊びにやってきては学校や友達の話を楽しそうに語ってくれる。信之助も翔を孫のように可愛がり、直子はその様子を心穏やかな気持ちで眺めていた。

「恵子さん、お正月はどうするの？」

廊下を拭く恵子に訊ねる。

「何年も正月らしいことをしていないので……。来年こそは初詣に行きたいと思っているんです」

「そうね……。ご主人が早く出所できますようにと祈ることね」

「はい……」

恵子が嬉しそうに笑った。

「恵子さん、ご主人が帰ってこられたらもう組に戻してはダメね」

「はい。帰ってきたらもう足を洗ってもらうつもりです」

「そうね……。今度こそ翔君のためにも幸せに暮らさなくてはね……」

「奥様のお陰です」


玄関のチャイムが鳴り、エミが大きな荷物を持って入ってきた。

「どうしたの？　この荷物……」

「これ、お母さんに買ってきたのよ」

「私に？」

中を見ると立派な額が入っていた。直子はその絵を見て驚く。絵には信州の山々が美しく描かれていて、懐かしい高須の町がそこにあった。

「どうしたの、この絵？」

「主人の知り合いの画家に譲って頂いたの……」

「どうして高須を……」

「普段は山ばかり絵にしている人らしいけど、ダムに消える町も描いているらしくて……」

「ありがとう。嬉しいわ……」

直子は早速部屋に飾った。

休日にはいつも来ているエミだったが、その日は慌しく直子の部屋に入ってくるなり、

「お母さん、洋介のコンサート全て中止になったんですすって！」

「一体、何があったのでしょうね」

「何でも暴力団と関係があるんですってよ」

「暴力団？」

「ええ、暴力団が公演中止のカギを握っているらしいわ」

おぞましいことではあるが、直子は何故か愉快な気持ちになった。しかし洋介の邪魔をしている人物は一体誰なのか。

ドアの外から聞こえてくる泣き声に驚き、急いで開けるとそこに恵子が立っていた。彼女は直子を見ると一段と大きな声で泣き出した。

「恵子さん、どうしたの？」

「主人が……、主人が殺されました」

「えっ？　まさか……」

恵子が震える手で持っていた新聞を差し出した。

『仮釈放の朝宮信男、射殺される』

「まさか！　恵子さん、しっかりして！　あなたご主人が仮釈放だったってこと知っていたの？」

「はい。近いうちに神戸に行こうと思っていたんです……」

恵子が目を真っ赤にして答える。

「神戸って……？」

「組の人間がしたんです。口封じのために殺したんです」

一層大きな声で泣く恵子であった。

恵子の態度にビックリしたのか、エミは黙って部屋を出て行った。

直子は初めて部屋に恵子を招き入れその背を抱いた。暫く泣きじゃくっていたが、恵子はその顔を上げると目の前に掛けられた絵を見た。

「これは……、高須ですね。どうしてここに高須の絵があるのですか？」

「頂いたのよ」

直子は彼女にハンカチを渡しながら答えた。すると恵子はつかつかと絵の傍に寄り食い入るように見入っていた。

「許せない。高須には許せない人がいます」

と、今度は興奮気味に口走った。

「許せない人？」

直子が彼女の顔を見た。

「はい。村の人たちを苦しめ、父を死に追いやった人がいる所です」

「お父さんを死に？　一体誰なのその人は？」

「青井重雄という男です」

「青井……？」

直子の顔から血の気が引いた。

「青井という男は村を買い、そして売った……」

「村を買って売った……？」

「村人を騙して山林を買い占め、それを高利で売り自分の財産を増やした卑劣な男です」

「嘘！」

その言葉に恵子ははっとして、驚いた顔で直子を見た。

「奥様は私が駒ヶ根の人間だからこんなにも親切にして下さった……。そういうことだったんですね……」

直子はショックのあまり恵子に返す言葉がなかった。

「奥様は直子様といいましたね……。つまり青井の直孃様だったんですね？」

「……」

「母から直孃様のことは聞いていました。でも奥様がその方だったなんて……」

「恵子さん、誤解しないで……」

「父は自殺したんです。青井の旦那さんが殺したも同然……、決して許せません」

（まさか……、村人たちのことをいつも大事に考え、誰にも優しく接していたはずの父がそんなふうに人々を苦しめていたなんて……）

直子には信じられなかった。人から恨みを買うようなことなど思い当たらず、直子の知らない卑劣な父の姿を突きつけられ返す言葉もなかった。

「奥様、今まで面倒見て頂いてありがとうございました」

その顔には先程までの哀しみの涙とは打って変わって、怒りが燃えたぎっているようだった。

高須の一枚の絵が二人を引き裂き、哀しい別れが訪れた。

「これ以上お世話になることはできません」

「恵子さん……」

その場でエプロンを外すと会釈をして、恵子は部屋を出て行った。

恵子から聞かされた父の所業、そして彼女の深い哀しみをどう考えればいいのか……。ただ呆然と立ち尽くし、直子は放心状態のまま黙って絵を見つめていた。

三　縋る追憶

直子に嬉しい電話がかかったのは、庭の木で元気よく鳴く蝉時雨の合唱が聞こえる暑い昼下がりであった。受話器の向こうからはエミの弾んだ声が聞こえた。

「お母さん、私赤ちゃんができたの！」

あれ以来塞ぎ込んでいた直子には何より嬉しいニュースであり、まるで我が事のように喜んだ。早速東京に出掛けていた信之助に電話で報告をする。

エミに宿った小さな生命、家族が増える喜びを心待ちにしながら落ち着かない毎日を送っていたある日のこと、直子はふと目にした新聞の小さな記事を読む。

『山川組幹部、内山安夫殺される』

（どうして安夫が？　あの安夫が殺されたなんて……）

暴力団同士の抗争とあった。安夫は心の優しい、どこか気の弱い男だったことを思い出す。直子には一度も手を上げることはなかった。服役していた刑務所に面会に行った時も、

「もう来んでええわ……。心配せんで真面目に生きろや」

その言葉を最後に会うこともなかった男である。

さらに驚いたことにはその記事のすぐ横に、写真付きで『青井洋介、テレビ出演降板』と書かれている。思えばこの頃洋介のテレビ出演もさっぱり見られなくなっていた。エミが前に言っていた『暴力団との関係』が妙に気になる。組の名前はやはり山川組だった。

（何故こんなにも山川組という暴力団が……）

考えてみれば恵子の夫も安夫も皆山川組である。

（一体山川組とはどんな組なのか、洋介が暴力団に関わっているとすれば母親の志保も無縁ではないはず……。一度山川組を訪ねてみなければ……）

直子が恵子のアパートを訪れたその日、彼女は仕事に出掛けて留守だった。あの日直子のもとを去った彼女だったが、翔の学校のことを考えるとアパートを越すこともできず、仕事先だけは変えたが直子の説得に応じて今までどおりの住処で暮らしていた。

夜になり、電話で神戸へ出掛けることを彼女に話した。

「一人じゃ怖くて……。奥様と一緒なら」

恵子を伴い神戸へと向かった。山の紅葉も色鮮やかになり、少し開いた窓から入ってくる秋風が頬を撫でる。車の中では一言も話さない恵子に運転手の寺田が話し掛ける。

「翔君、元気かね？」

「お陰様で。中学生になったものですから部活とか何とか結構忙しいらしくて、家に帰るのはいつも夜ですわ」

「そうか、中学生か……。大きくなったねぇ」

二人の会話を聞きながら、直子は山川組の実態とはどういうものなのだろうかと思いを巡らせていた。

高須の話題はあれ以来口にすることはなかった。追及することも釈明することも所詮互いの心の傷を深くするばかりだということを心得ていた二人だった。道中じっと考え込んでいる直子に言葉を掛けてきたのは恵子の方だった。

「実はこの間組から手紙が届いたんです。奥様……」

「何て書かれていたのかしら？」

「主人は組でしっかり弔っているから安心するように、と」

「そうですか……。それならご仏前に手を合わせることができますね」

「ええ……」

恵子は寂しそうな笑顔を見せた。

車が神戸に入ったのは昼を少し過ぎた頃だった。神戸の高級住宅街の一角に大きな門の屋敷がそびえ立っていた。門には『山川組』と金文字の豪華な表札が掛けられ、軒の上や仕切られた塀の所々には物々しく防犯カメラが装備されていた。

直子と恵子がゆっくり歩いてその門に近づいていくと、すぐさま黒いスーツに身を包んだ男たちが一斉に門の前に整列した。

「どちらさんでしょうか？」

足元を震わすような、地に響くような低い声の男が丁寧に訊ねた。

「朝宮の家内です」

後ずさりをする恵子の代わりに直子が答えた。

「暫くお待ち下さい」

男はすぐさま門の奥に消えた。先に進めないほど、何人もの男たちが立ちはだかる。暫くすると門が開き促されるままに中に入った。再び大きな鉄の門に前方を遮られ、ここにも防護服を身に纏った数人の男たちが立っていた。間もなく軋んだような音とともに大きな扉が開いた。

恵子はこまねずみのように背をすぼめ、怯えながら直子の後に続いた。正直なところ直子自身も恐怖と緊張に身を強張らせていた。手入れの行き届いた長い廊下の壁には日本刀の写真が飾られ、そこには大きな文字で『闘魂』と書かれていた。

二人の前後にピッタリと寄り添って歩く鋭い目をした男たちの緊張した雰囲気の中、

「どうぞこちらへ」

と、通された所は大きなホールらしき部屋で、そこは几帳面にも掃除が行き届いていた。正面には多くの男たちの写真が掛けられてある。

「あんたーっ！」

恵子は右側の写真を見ると歩み寄った。直子も静かに近づく。中央には立派な仏壇が置かれ、その周りには美しい花が飾られてある。線香の香りが辺りに立ち込めた異様な雰囲気の部屋で、直子は恵子の肩を抱き、そして手を合わせた。

二人に合わせて男たちも一斉に合掌する。直子は心の中で安夫のそれを捜すが何故か見つからない。

（どうして……）

直子は不思議に思った。その時、

「兄貴、洋介の母親が来ました」

小さな声で伝えたつもりだろうが直子はその言葉をはっきりと耳にした。兄貴と呼ばれた男は、

「これでお引き取り下さい」

と頭を下げた。

「私は親分さんに用事があって来ました。取り次いで下さい」

「親分に？」

男たちは一瞬身構える体勢になった。

「どうしてもお話しなければならないことがあります」

「朝宮のことかいな……、おばさん」

「あなた、言葉遣いを知らないようね」

毅然と子分の態度をたしなめる直子に、男たちの顔色が変わる。

「さぁ、親分を呼んで下さい」

「ええ度胸やな」

心臓が飛び出しそうなほどの恐ろしさに、立っているのがやっとという恵子は、直子の背後に隠れガタガタと震えていた。

「皆、離れろ！」

兄貴と呼ばれた男の言葉に、男たちは仕方なさそうに引き下がった。

「分かりました。只今親分に取り次ぎますので少々お待ち下さい」

少しの間待たされる。

(しかし、ここに志保が来ている……。何故……?)

「どうぞこちらへ、ご案内します。ただしあなただけ」

男たちに連れられて玄関に向かう恵子に、大丈夫よと目で合図する。

細身の体に上品な絵柄の着物が映えた、堂々とした直子の態度は男たちをも寄せつけない気迫と風格があった。

廊下を通る直子を柱の影から見ている人物がいたことを、その時の直子は知る由もなかったのだが……。

(たとえ殺されようとも聞かなくてはならないことがある)

静かな屋敷の中を眺めながら、直子は覚悟を決めて歩く。高い吹き抜けの天井からは真っ青な空が見えていた。

通された部屋にはいくつもの大理石のテーブルが並び、窓にはステンドグラスが張り巡らされていた。言われるままに、直子はソファーに腰を掛け主を待った。

「只今親分がおいでになります」

いよいよ緊張も極限に達した時、静かにドアが開き思いがけない声を聞いた。

「とうとう来たね……。待っていたよ」

直子はその姿を目の当たりにし、言葉をなくしてただ棒立ちとなった。誰あろうあの征夫が目の前にいるではないか。

「兄さん……。征夫兄さん……」

直子は思わず駆け寄るとその胸に縋りついた。忘れられない温もりだった。ずっと求めていた兄の征夫がここにいる。

「暫くだったね、直子……」

征夫が優しく直子を抱いた。さまよい続けた過去の苦労が全て消え失せたような……、直子は至福の心地に浸っていた。

そして、何故ここで兄に会っているのか暫し忘れていた。その時ノックの音がした。

「入っておいで」

征夫が招き入れたその人の姿に直子は目を疑った。

「民、民さんなの……」

信じられない光景に、直子は言葉をなくしただ呆然と二人を見た。

何十年ぶりの再会だろうか。年こそ重ねたが昔と変わらぬ優しい征夫が目の前にいる。そして母のような民江がいる。

「兄さんが親分……？　これは一体どういうことなの？」

我に返った直子が征夫に訊ねた。

「直子、今は何も訊かんでほしい……」

「じゃあ、一つだけ教えて。どうして志保がここに……」

民江が直子の傍に来ると手を取り、

「どうか、今は何も訊かないで下さい……」

直子は民江を見る。

「どうして？　教えて、兄さん……」

「今は話せんのや……、直子」

「直嬢さん、あなたがお屋敷を出られた後いろいろなことがありましてねぇ……」

「何があったの？　全部話して」

「帰りなさい！　もう帰るんだ」

「征夫兄さん……」

直子は兄貴と呼ばれた男に手を取られその部屋を出された。その後ろを民江がついて出た。民江が直子の傍を歩いていく。

「今に分かります。全てのことが……」

民江の目は直子が一度も見たことのない鋭い眼差しだった。

「必ず、会いに行くから」との征夫の言葉を信じて車に乗る。聞きたいことがまだ山ほどあったのに。兄妹でゆっくり語り合いたかったのに。たとえヤクザであっても征夫はやはり直子の兄である。


恵子と共に神戸へ行ったことが直子には大きな出来事となった。兄に会い、そして民江にも会えたことが喜びとなっていたのだ。たとえ世間の底辺を歩く人であろうと、直子にとってはかけがえのない人たちであることに変わりない。

直子の脳裏から離れることのない二人の言葉がどんな意味を持つのか、この時の直子は知る由もなかった。


株主総会が南区の本社ビルで行われる。信之助の後継者を選出する総会でもあった。直子は夫と共に会議室で役員を待っていた。会長に退く夫のために立派な人物を社長に推挙しなければならない。直子にも責任の重い総会である。

「あなたのお決めになった方にしましょう」

「そうだね。彼なら立派にやっていくだろう」

「ええ、私も賛成ですわ……」

選ばれたのは信之助が最も信頼する側近の重役だった。

総会が済むと、グループ会社や店などを廻り人事の異動報告をし、新しく入社した店員の面接会にも出席をする。直子が店に入ると店員たちは緊張した面持ちで頭を下げた。少し咳き込む店員には、

「風邪をひいたの？　大丈夫？」

と優しく声を掛け、指に包帯をしている若い板前には、

「痛いでしょう？　気をつけるのよ」

と言う。また老いた掃除婦には、

「水は冷たいからお湯にしなさいね」

と労りの言葉を掛ける。

人を思いやる優しさは、哀しく辛い人生を歩いてきた直子の心だった。

鹿取グループの頂点に君臨する直子ではあったが、ただ一人心から甘えられる人物がいた。それは誰あろう民江である。少し背が曲がったようにも思えるが、昔と

変わらず鼻にかかった低い声と時々背を伸ばす仕草が変わらないことが直子を安心させた。

しかしその民江が、何故征夫の傍にいるのか……。あの日を境に時々は電話をしている。民江は直子を嬢さんと呼び、名古屋に来て傍にいてほしいと頼むと、「征夫様を一人にはできない」と言って頑なに拒否する。その心境など到底分かるはずのない直子は、電話をする度に同じことを言っては民江に叱られた。だが、叱られることが何故か嬉しくてまた電話をする。

恵子のことや彼女の村のことを民江に聞くが、「旦那様はご立派な方でした」と言うだけで、知っているであろうその経緯を何故か語ろうとはしない。一体青井の家で何があったのだろうか。口を閉ざす征夫と民江に何かを感じずにはいられなかった。

そして「とうとう来たね……」と、何故征夫はそう言ったのだろう。新聞は関西の暴力団の抗争が激化していると報じている。記事を読む度に直子の心は痛んだ。

男児を出産したエミからは毎日のように電話が掛かってくる。いつの間にか「おばあちゃん」と呼ばれる嬉しい気持ちとは裏腹に、常に征夫のことが気掛かりであった。そして征夫との約束の日を心待ちにする直子であった。

その日が近づいてきたある日の午後、エミから電話が入った。

「お母さん大変よ！　洋介が、青井洋介が逮捕されたわ！」

急いでテレビのスイッチを入れる。

『歌手の青井洋介が関西最大の暴力団——山川組組長、木内征夫を殺害しました』

各局ではすでに報道特集が組まれ、警察に連行される洋介の姿が映し出されていた。画面に映る山川組の大きな門の前には整列した男たちの姿が見える。

（兄さん……。征夫兄さん……）

直子はショックのあまりその場にくずおれてしまった。

（どうしてこんなことに……）

直子は起きた現実をまともに受け入れられる状態ではなかった。

その直子の姿を見て信之助が、

「行ってきなさい。組長でも君の兄ではないか……」

と優しい言葉を掛けてくれた。

「でも、私があのような場所に行けばあなたの名前を汚すことに……」

「私の名前など気にすることはない」

「あなた……」

「何故洋介が組長を殺したのか……。それを知ることが一番じゃないのかね」

「……」

信之助は直子の心中を察しその背を抱いた。

「君の気が済むまで調べるといい……」

直子は夫の胸に顔を埋めると声をあげて泣いた。


「奥様、元気を出して下さい。民さんもさぞお喜びになられましょうから」

寺田が直子を励ましていた。十日前の葬儀に出られなかったことは辛く哀しい。暴力団の葬儀に出席するのは差し控えなくてはならず、ただその光景を涙ながらにテレビの画面を通し見ていた直子だった。そして今、少し落ち着いたであろう組へ民江を迎えに向かっているのである。

門の前に車を停めると一人の男が駆け寄ってきた。そして、

「民江ばあさんは昨日の夜、死にました」

「嘘！」

「嘘じゃありません。自殺しました」

「自殺……。どうして？」

立っていることとさえできない直子を寺田が支える。

「暫くお待ち下さい。お渡しするものがあります」

男が一通の封筒を直子に差し出した。

「部屋の机の上に置いてありました」

主を失った男の目に光るものが見えた。列を作った男たちは直子に深々と頭を下げた。直子も丁寧にお辞儀をする。

生きる力をすっかりなくしたかのようにがっくりと項垂れた直子に、寺田は掛ける言葉もなかった。

常に内面を表に出すことのない冷静沈着な直子であったが、あまりの辛さに塞ぎ込み自分を立て直す方法も見つからないまま、民江からの手紙を読み始める。

『旦那様は睡眠薬を常用され毎日のように飲んでおられました。大きな台風が来た年の夏のこと、旦那様は肺炎を患われ四十度の高熱が続きました。それなのに栄子さんは医者にも診せず大量の睡眠薬を旦那様に飲ませたのです。恐ろしい光景でした。

旦那様が亡くなられた後、征夫様と私は屋敷から追い出されましたが、当時征夫様は美千代さんと恋仲で、私もお二人の結婚を待ち望んでいました。征夫様は松本に働きに行かれ私は里へ帰りました。征夫様は時々高須に戻られ美千代さんとお会いになっていたと聞いています。

その頃志保さんに縁談があり結婚されましたが、わずか三年で離婚され洋介を引き取られたのです。悠司といえば町でも評判の遊び人で暴力団との繋がりもあり、大変な男でした。悠司は美千代さんを弄び妊娠までさせたのです。

そのうえ、悠司に対して怒りをあらわにされた征夫様を悠司と暴力団の男たちが殺そうとさえしたのです。悠司の悪行には姉の志保さんも心を痛めていた様子で、「青井の財産は息子洋介に」と、母親の栄子さんに話しておられるのを何度か耳にしています。ですが栄子さんは息子可愛さのあまり悠司の言いなりで親子喧嘩の絶えない毎日でした。

私は征夫様と同様時々高須へ出向きお屋敷の様子を窺っていたのですが、美千代さんはあんなことがあってから征夫様を避けるようになり、目立つ体を隠され、まるで人が変わってしまったかのようでした。

悠司は臨月近い美千代さんを裏山の高い崖へと呼び出し、またそこへ年老いた母親の栄子さんをも呼びつけたのです。

事故か故意かは定かではありませんが、栄子さんは足を滑らせ死亡したのです。

「母と美千代が口論の末に彼女が母を突き落とした」

これは警察の事情聴取で悠司が言った言葉ですが……、恐ろしい男です。いつの間にか栄子殺しの犯人に仕立て上げられ、悠司より五歳年上の美千代さんに対する世間の風当たりは冷たくなる一方で、手を差し伸べる征夫様をも拒絶され、とうとう青井のお屋敷の前で自害されました』

直子は息を飲んだ。やりきれない想いが胸に込み上げ怒りに震えた。いつか高須へ行ったあの時の老婆の言葉が蘇る。

『それからの征夫様の消息は知りませんでした。私が征夫様から連絡を頂いたのは今から六年ほど前になります。征夫様がどうして山川組の先代に気に入られ跡を継がれたのかは知りません。いつまでも変わらず真面目になれない悠司を呼ばれたのも征夫様です。悠司は二つ返事で組に入ってきました。愚かな男です。征夫様の本心が分かっていただけにそう思いました。その悠司もいつしか姿が見えなくなりました。先日来られたとき礼拝堂ホールで写真をご覧なられましたね。その中に悠司がいたことをお気づきになられませんでしたか』

直子は愕然とした。そしてまた目を通す。

『また嬢様が悪に身を染め服役されていたのも知っていました。私はすぐにでも嬢様にお会いしたかった……。あなたがそこまでして、なさろうとしていた想いは私たちも同じだったのです。嬢様の無念なお気持ちや私の心を征夫様にお任せすることに致しました。そしてその日を心待ちにしながら心だけは嬢様に届けと祈り、お会いすることを差し控えたのです』

直子はいたたまれない感情を抑え続きを読む。

『最近ある雑誌で素晴らしい嬢様を拝見して征夫様も私も安堵致しました。これで嬢様はやっとお幸せになれる……。嬢様さえ幸せならもう何も思い残すことはない……。そして私たちはあの親子を抹殺する計画を進めました。あの親子に天罰が下らなければこの世には神も仏もありません。残るあの二人を抹殺することで私たちの想いは全て終了する予定だったのです』

涙が頬を伝う。その涙を拭おうともせず、直子は優しく肩を抱いてくれた征夫の温かさを思い出し、母にも似た民江の心を思った。二人に申し訳ない気持ちで胸が張り裂けそうになっていた。

『朝宮さんのことですが、当時暮らし向きの立たない人たちが結託してそれぞれが所有する山を切り売りする話が持ち上がっていたのは事実です。旦那様は代表者として高値で売れるよう県に談判しておられましたが、その最中にお亡くなりになりました。すぐに跡を引き継いだのが栄子さんだったのです。村の人たちを騙し、あくどい手を使い莫大なお金が彼女の手に渡ったと聞いています。卑劣な女です。このことは征夫様からお聞きしました。朝宮さんはおそらく栄子さんが絡んでいたことをご存じなかったのでしょう』

（村の人たちを苦しめたのはやはり父ではなかった……）

だがそんな彼女を、栄子を愛したのは誰あろう父ではないか。

『人の考えは月日が経てば変わります。刑を終え出所してきた安夫が支部に戻って間もなくのこと、鹿取様のことを知って「いい金づるがある……」と組の者に話していたのが征夫様の耳に入り、彼もまたいつの間にか姿が見えなくなりました。嬢様の幸せを壊す人はもう誰もいません。いつまでもお幸せにお暮らし下さい』

直子は民江の長い手紙を読み終え胸に抱きしめた。こんな真相があったとは……。何も知らずに、屈折した心のまま生きてきた自分が今更ながら恥ずかしい。全てを知った直子は心の中で征夫と民江に何度も礼を言った。これほどまでに父のことを母のことを、そして自分のことを愛してくれた人はほかにはいなかった。

（お父さん、あなたの蒔いた種で皆不幸になった……。どうか天国に逝った人たちに詫びて下さい）

一つの波紋がこんなにも大きな渦になろうとは……、その渦に巻き込まれた兄征夫に、そして民江に何と詫びればいいのか……。

洋介の裁判は長期になるだろう。

実刑が確定するにはまだ長い期間を要する。時々報じられる彼の裁判の成り行きを気にしながらも、直子は志保のことを考えていた。

月日が経つのは早いもので、いつしか庄内川の土手にはつくしが顔を覗かせていた。

忙しい日常の中、直子は鹿取の顧問弁護士に洋介のことを話し、裁判の成り行きを見守っていた。何度かの法廷では志保も事情を聞かれているに違いない。

（一体あの二人は今までの経緯を何と話しているのか。事件後全て調べ上げたであろう洋介の弁護士や担当検事は、信州の青井家をどんなふうに見ているのか……）

だが不思議なことに名古屋の警察はおろか、国選弁護士すら一度も直子の所には来なかった。

（調べれば私がこの地にいることはすぐ分かるはずなのに……）

直子は考えを巡らせていた。桜の花が見事なまでに咲き、人々にも活気が見られる。

そして洋介の刑が確定した。六年八ヶ月の実刑だった。

（母親の志保はどんな気持ちであろう。この罪を背負うのは志保自身ではないのか……）

直子は志保に会う決心をした。

四　姉と妹

春風を切って車は東京へと走る。

志保が品川のアパートへ移ったのは事件後のことである。

東京へは何度も来るのに一度も会おうとはしなかったが、直子の心の隅にはいつも彼女がいた。

心の中で志保を思ったのは決して同情したからではない。快感を覚えていたぐらいである。志保の打ち拉がれた姿をこの目で確認したい……、ただそれだけだったかもしれない。木造のアパートの二階へ上がる。表のドアに名刺ぐらいの紙が貼りつけられ、小さな字で「青井志保」と書かれてあった。

ノックしても応答はなく立ち去ろうとしたその時、隣のドアから中年の女性が顔を覗かせ、

「きっと中におられますよ」

と言って、つかつかとドアに近寄るなり大きな声で、

「青井さーん、お客さんよー」

その女性はドアをドンドンと叩きながら、

「あら、開いているわ」

ドアの取っ手に手を掛け扉を引いた。まるで自分の部屋にでも招き入れるように、

「入ればいいんじゃないですか……」

それだけ言い残すと小走りで自分の部屋へと戻っていった。

それでも気になるのか、少しの隙間から顔を出しこちらの様子を伺っている。

開かれたドアから中が見える。

「あの……、すみません……」

直子は小さな入口から声を掛ける。

「どなたです？」

奥から弱々しい声が聞こえた。

「青井さんですね。青井志保さんですね」

直子が念を押すように聞いた。

「ええ、どなたですか？」

声の主の姿が見えない。

「洋介のことなら話すことはないですよ。帰って下さい」

二間はあるだろうか。目の届く所に栄光の時代といえる洋介のポスターが積み上

げられている。台所にはインスタント食品が無造作に置かれ足元の汚れたマットの上にはゴキブリが這っている。色褪せた暖簾に掛けられた洋介の写真が、何故か一層憐れを誘う。

少し開いた窓からは散り始めた桜の花が静かな風に舞っているのが見えた。小雨が花とともに落ちていくのも見えた。

直子は黙って部屋に足を踏み入れた。

何と声を掛ければよいのか、直子はその場に立って言葉を探していた。薄い蒲団の中に体を沈め、起き上がる気配もない人の白い髪の毛だけが目に入る。頭の上には薬の袋が無造作に置かれてあった。

「どちらさん……？」

その言葉に息を飲む。

「志保さん」

志保は驚いて跳ね起きると、

「あなたは……」

二人の間に沈黙の時が流れた。

あれほど憎んだ妹、志保が今目の前にいる。いつの日か信州高須で見た時の彼女と今目の前にいる女性が同じ人物とは思えぬほどやつれた姿であった。

憎くて憎くてどうすることもできないほど憎み続けた志保が自分の目の前にいるのだ。

「やっと会えましたね。志保さん……」

その時、突然志保が直子の足に縋りついた。

「殺して！　私を殺して下さい！」

声を振り絞ってそう言った。

「志保さん！」

直子はその体を突き放した。

「そうね、あなたたち親子をどんなに憎んだことか……。殺してやりたいほどずっと憎んできたわ……」

直子は冷ややかな目をして志保を見た。我を忘れこんなにも激怒したことが今まであったろうか。志保は肩を震わせ泣きじゃくる。気力すら消え失せた絶望的な憐れな姿だった。

大都会の小さな部屋で再会した姉妹である。出発点を誤った姉と妹であった。地獄を歩いてきた姉と地獄に落ちた妹であった。今更何を語り合うというのか。

「志保さん、あなたの息子さんは恐ろしい人ね……」

志保は直子の言葉に少し顔を上げ、両手を畳についたまま、

「ごめんなさい。すみません……」

消え入るかのようなか細い声であった。

言いたいことが多すぎて、何から話せばいいのか直子の頭の中は混乱して次の言葉が出てこない。

（この場でこの人を殺せばどれほど気持ちが楽になるだろう……）との想いとは裏腹に、（私が味わった屈辱をこの人にも……）と、頭の中でいろいろな想いが交錯する。

冷たい言葉を投げ掛けて直子は入口に向かった。その入口に寺田が立っていた。

「奥様……」

寺田が一言言葉を掛けた。

「どうか許して……。許して下さい……」

切れぎれの声が直子の心に突き刺さる。

「帰ります……」

やりきれない想いが胸に絡みつく。

(志保に同情する気持ちや涙など私にはないのだ)

そう思わなければ納得できない自分の心も虚しい。

庭の芝生に水を打つ。朝の涼しい風に咲き始めたばかりの朝顔が揺れていた。志保を許せない気持ちの中、やつれた彼女の姿が直子の瞼に浮かんだ。

直子は思いついたように駅へと向かった。車庫には直子専用の車が置かれいるが、運転手の寺田は昨日から休みをとっていた。一昨日の話では親の法事らしい。

東京行きの切符を買い電車に乗った。車中で手帳を取り出しメモを見る。志保の枕元に置かれた薬袋の病院を訪ねるために……。

病院に着くと早速医師に目通りを願った。

「青井さんの身内の方ですね」と二度ほど聞かれ、仕方なく直子は「姉」だと言った。

直子よりはるかに若い医師が言う。

「入院をお勧めしているのですが……」

「どうしてでしょう……。そんなに悪いのですか?」

思わず身を乗り出す。

「ええ、手遅れにならないうちにと……。でも青井さん聞き入れられなくて」

「で、一体どこが悪いのでしょうか？」

「実は……」

直子は次の言葉を待つ。

「骨髄に腫瘍があります……。つまり癌です。それもかなり進行している」

「癌……」

医師が説明を始めた。

直子は病院を後にしてから迷っていた。志保のもとへ行くべきか、このまま帰るべきかを迷っていた。だがいつの間にか足は駅に向かっていた。

「天罰だわ……」

直子は勝ち誇ったように呟く。

しかし駅の待合室で時刻表を見ながらも、まだ迷いはあった。

しかしあの人に会って、何と言葉を掛ければいいのか……、その言葉すら頭に浮かんでこない。

待合室の隅で高校生らしき少女がやかましく騒いでいた。その様子を見つめていて、少女に美千代の面影を見る思いがした。

(あの人に同情などいらない)

癌になったからとてどうして救いの手など差し出せよう。

(苦しめばいいのだわ……。苦しんで死んでいけばいいのよ……)

決して冷たい見方ではないはずだ。あの親子への憎しみだけで生きてきた長い自分の人生だっただけに、冷酷な気持ちに拍車がかかる思いであった。


「寺ちゃん、あの人まだ生きているのかしら……ね」

支店の帰り道、寺田に言った。

「どうでしょう……」

返答に困ったような小さな声であった。

気に掛からないと言えば嘘になる。志保の苦しんだ姿を想像しながらネオンの花に目をやる。窓を開けると生暖かい風が頬を撫でた。それでも盆を過ぎ少しだけ涼しさを感じる風に秋の気配を知る。

寺田とて全ての経緯を知っているわけではない。

「奥様、もう一度行かれた方がよろしいのでは……」

「どうして?」

寺田は黙った。

感情を剥き出しにしたわけではない。だが彼は直子の言葉から何かを読み取ったのか、苦笑しながら、

「奥様のお気持ちだけですよ」

とつけ加えた。

長い海外出張から帰宅していた信之助は、

「妹さんに会ってきたのか？」

と訊く。思えば出張前に志保の話をしていたのだった。直子は志保の病気を正直に話す。

「病院へ入院させてはどうかね」

「私は知りませんわ……」

「君らしくないね」

信之助はゆっくりと茶を飲んだ。

「直子、もういいのではないかね……。憎悪の心はその人すら変えると言うからね」

「そうですね……」

（あなたに何が分かるというのですか？）直子は信之助の横顔を見る。そして（私の心など誰にも分からないのだ）とも思った。

悶々としたままに夏は過ぎた。


東京の渋谷に新店舗を出す計画が持ち上がっていた。

プロジェクトの代表者として、熱田の店長と共に東京へと向かう直子であった。

今まで服飾店だったビルの一階をレストランに変えるというものだ。直子は東京のレストランをこの店長に任せることに決めていた。

彼女を熱田の店長に抜擢したのも直子である。事故で夫を亡くし今は高校生の息子と母親の三人暮らしだと聞く。五十歳には少し間があるだろうか、頭の良さは抜群で人当たりも良い。細やかな配慮も兼ね備え従業員たちの評価も悪くない。

以上は直子が調査をした彼女の評判であった。


皆と別れた後直子は外に出た。志保のアパートへ向かって歩き出していた。何故行く気になったのかは分からないまま、自然と足はその方角へ向かっていた。

許せるはずのない彼女なのにここまで気に掛かるのは、やはり血の繋がりだろうか。（あの人は他人なのだ……）と思えば思うほど、胸に絡みつくものがあるのは何故なのか。

落ちぶれた志保の姿に快感こそ覚えたはずなのに、何故こんなにも気にかかるのか。

まだ日も長い夕暮れ時、道々には帰り着く家のない人々が塒を求めてさまよっていた。一目で分かるその人たちに以前の我が姿が重なる。

（あの時鹿取に会わなければあの地で命果てていただろう。鹿取という人に救われなければ今の私はないだろう……。あの時ほど生きることの難しさを思い知らされたことはなかった……）

また、それぞれの真の心を見た思いがしたものだった。

人にはそれぞれの生き方がある。志保も志保なりに辛い人生を歩んできたのではないだろうか。

（志保を許そう……）

直子の心に光が差したようであった。

征夫に、そして民江に語り掛けた。（私の心を分かってほしい……）と語り掛けた。

その想いを抱きアパートへたどり着く。

「何か用事ですか？」

志保が蒲団の中から小さな声で話す。

「一度ちゃんと診てもらったら？」

「いいんです、このまま死んだって……。もう構わないで……」

「そう死に急がなくてもいずれ死期は訪れるわ、誰にだって……」

志保の目に涙が溢れた。

「私と一緒に来ますね？」

その言葉を待っていたかのように、志保が思わず直子の胸に縋りついた。直子は彼女の細い肩を初めて抱いた。抱きながら顔を上げ唇を噛む。

彼女を憎み続けてどんな結果が得られるというのか……。

直子がそう思えるまでにどれだけの時間を要したことだろう。

「志保さん、名古屋へ私と一緒に帰りましょう」

もう一度言う。

「いいえ……、それはできません」

志保は顔を上げてその場に正座をした。そして両手で乱れた髪を直し頭を畳につけた。

「許して下さい……、どうか許して下さい」

涙声で何度もそう繰り返す。

「もういいのです……」

「どうして親切にして下さるの？　皆を苦しめ続けてきたのに……」

「どうしてでしょうね……。それは、あなたが私の妹だからよ」

直子は笑った。

一度も作動されなかったのか、埃のかかったクーラーを見つめ、

「風の入らない部屋だこと……」

直子が窓を開けた。

「お姉さんって呼んでもいい？……」

直子は妹志保に、初めて優しい笑顔を見せた。

五　洗われた憎しみ

志保を名古屋の病院へ入院させせた。検査が済むと彼女の主治医から説明を受ける。

「何故もっと早くに入院させなかったのか」と医師は直子を責めた。東京の医師の話をすると「同じだ」と言い暗い表情をした。「三ヶ月、長くて半年だろう……」と医師は顔を強張らせて言う。

何度も何度も詫びた妹である。母の代わりに、弟悠司の代わりにも何度も詫びた妹であった。そんな志保の態度に直子の心の傷も少しずつ癒やされ、これからは仲良く残りの余命を過ごしたいと考えていた矢先の、この哀しい宣告を何と受け止めればよいのだろう……。

「先生のお話を聞いてきました。経過はいいそうですよ」

志保は天井を見上げながら小さな声で、

「ありがとう姉さん。私には分かってるんです。もう長くは生きられないってこと……」

志保の言葉が辛かった。志保も息子洋介も、青井という家に縛られ翻弄された犠牲者だったのではないのか……。直子は幼子を叱るように、

「何を言うの、必ず良くなるわ！」

憎しみを越え慈しみ労り合う気持ちが、二人の心の隔たりを縮めた。

「姉さん、高須は変わったでしょうね……。ダムができて」

「そうね……、でも高須の町や村は健在ですよ」

「もう私はあの町には帰れない。でももう一度行ってみたいわ……」

「皆待っていてくれますよ。良くなったら行きましょう」

志保が寂しく微笑んだ。

「お父さんにお詫びがしたいの……」

「お父さんも許してくれるわ」

「そうだと嬉しいけど……。征夫さんにも民江さんにも詫びなければ……」

病のせいかすっかりやつれ弱々しくなった志保の目にまた涙が光る。

「志保、少し眠りなさい」

遠くで雷鳴が聞こえる。庭に咲くコスモスが微かな風に揺れていた。

「信州はもうすぐ紅葉ね……。綺麗でしょうね」

志保の言葉に遠い郷里を思う直子であった。

辺りは静寂に包まれ、廊下を行き交う人の足音だけが遠くに、また近くに聞こえていた。

秋も終わると冷たい雨の日が続いた。咲き疲れ取り残された向日葵の大輪がしょんぼりと肩を落としている。忙しい一日の中で直子の心を休ませてくれるのは何故か志保の病室であった。近頃は顔色も良く直子の差し出す物を口に運ぶようにもなった。

「姉さん、これ……」

志保が大事そうに寝巻きの胸元から一通の手紙を取り出した。真面目に刑に服している洋介の近況が書かれてあった。

「よかったわね……」

「ええ、でも……」

「とても品行方正だと書いてあるじゃないの」

「ええ……」

「四年や五年なんてあっという間よ。頑張らなくては」

テレビや雑誌では見たけれど、一度も会ったことのない甥である。

「姉さん、私の代わりに洋介に会って下されば嬉しいけど……」

「会いますよ！　でもね、母親はあなたなのよ」

「私は母親失格だわ……」

直子は少し跳ねた蒲団をそっと掛け直す。

「青井家の財産を洋介のために使い、誰のことも考えなかった。ただ洋介のためだけに使ってしまった……。それなのにあの子は私に笑顔を見せなくなったの。それでも私は必死であの子に音楽の勉強をさせた。高額なお金を使いプロダクションへ入れて、一流の作曲家の先生にもお願いして歌手にした……。それなのにあの子は私に反感を示すようになったの……」

「そう、どうしてかしら……」

「歌手を止めたいと何度も言ったわ」

「声もいいし歌も上手《うま》いのに。どうしてかしら……」

「私は洋介の気持ちすら考えなかったのね。最低な母親ね……」

一体、洋介とはどんな心の持ち主なのか。

「征夫さんが私たちを憎んで全てを阻止しようと……。それくらい私たちはひどいことをしてきてしまったのね。私は姉さんと違って征夫さんは好きになれなかった……。ごめんなさい」

「いいのよ……」

「お父さんは悠司を甘やかして手のつけられない男にしてしまった……」

幼い日の悠司の姿を思い起こす。

「そのうちに、お父さんも悠司より征夫さんを跡継ぎにと考え始めたの……」

「それで、兄さんを……」

「ええ、私はお父さんも征夫さんも許すことができなかったの」

直子は立ち上がると窓を少し開けた。その窓に手を掛けたまま澄んだ空に目をやる。

「それで悠司はミーちゃんを、美千代さんを……」

「私が、私が悠司に……」

直子は改めて志保を見た。まさかとは思っていたが、その事実を聞くとその場にいられない衝動にかられ、

「ちょっと売店へ行ってくるわ……」

と病室を出た。長い廊下を歩きながら自分の気持ちを冷静に保とうとした。そして（過ぎ去ったことなのだ）と自分に言い聞かせる。

（志保に対する憎しみは本当に消えたのだろうか……。消えなければあの人の顔を

見ることさえできないはずだ）と、直子は大きく深呼吸した。

「直子、南区の店を大きくしようと思うがどうだろう？」

ある日の昼下がり、直子の職場である店に来た信之助が問い掛ける。

「あのお店でございますか……」

「君が忙しくなるね」

「いいえ、皆よく働いてくれますから私など……」

「そうか、じゃあ、真剣に考えてみよう」

さっき降り出した雪が窓ガラスに当たっていた。

「それで、志保さんのその後の容態はどうかね？」

「ありがとうございます。今のところ変わりありません」

「そうか、そりゃあよかった。君のたった一人の妹さんだ。手厚く看病してあげなさい」

「ええ、できるだけ傍にいてやりますわ」

「それがいい。君は熱田の店長と馬が合うようだから忙しければ応援を頼むといいよ」

「そうですね、お願いしてみます」

「女性の店長も悪くないね。売上も倍増している。さすが君は人を見る目があるよ」

「まぁ、あなたったら……」

直子は信之助を見て笑った。

「来年は信州に行ってきます」

「そりゃあいい……。ダムはできたが高須の町は残っているからね」

「ええ、町の人たちは皆さんダムの上に住んでいるんですって」

「ああ、山を伐採して一つの町を作ったそうだから。高須の町は健在だよ」

「そうですね……」

「私も一緒に行けるといいのだが……」

「いいえ、あなたはお忙しい方だから私一人で行ってきます」

「山道は寺田では少し心配だから、村岡に話しておこうか?」

村岡道彦は信之助の運転手である。自動車学校の教官をしていた頃、『交通ルールが全て』というほど運転に対しては厳しい人物だ。エミが『亀』だと言って笑っていたのを思い出す。

「寺田でいいですよ。ゆっくり行きますから大丈夫ですよ」

「そうか……、君に任せたよ」

「それから正月はエミの所で過ごそうかと思っているんだが……」

「初孫の顔を見にですか、いいですね」

「孫ができて本当に嬉しいよ。可愛いもんだね」

と信之助はしみじみと語る。

「せっかくですが、私は志保のこともありますから今回は遠慮しますわ」

直子は行かない方がいいと思った。親子でゆっくり楽しんでもらいたいと願ったからである。

「あの娘にも辛い想いをさせた時があったからね」

この時の直子は、その信之助の言葉の意味を深く考えることなく軽く受け流しただけであった。


クリスマスに直子はケーキを持って病院へ行った。志保は子供のように喜んだ。

「洋介、元気かしら……」

その表情に、我が子を思う母の痛々しげな眼差しがあった。

「若いんですもの、元気よ」

直子はすぐさま言葉を返した。

特別室の中には大きなソファーが置いてある。直子は病室に来ると必ずそれに腰を掛け、少しの時間それぞれの店から持ち帰った書類に目を通す。

「姉さん、忙しいのにごめんなさい」

真剣な表情の直子に志保が恐る恐る声を掛けた。

「ねぇ、志保。高須に店を出そうかと思うんだけど……」

「すごいわ、姉さん」

この案を進之助に話すと、いとも簡単に賛成してくれたことが思い出され、

「できるかどうかは分からないけど。今思案中よ」

「でも田舎だし……」

志保が目を輝かせながらもポツリと言った。

「そうなの、人口が少ないから……」

「もし計画どおりにできれば、洋介にと考えているのよ」

「でもあの子は前科者ですもの。それに高須へは……」

「人の目を気にするようでは、どこへ行っても暮らせないわ！」

その言葉に志保は暗い表情をする。

「洋介は幼い頃から甘やかせて育ててきたのよ。強い心など持っていないのでは……」

「私たちのお父さんの血を引いているんですもの、大丈夫よ」

直子はドンと胸を打ち笑った。

「私たち妹弟は、いいえ母も姉さんには顔向けのできないことばかりしてきたのに。こんなに面倒見て頂いて……」

「止めなさい、怒りますよ」

しかし、まだ会ったこともない洋介をどこまで信頼し任せられるのか。ただ志保の息子というだけで責任を持たせていいのかと直子は迷っていた。計画している事業を洋介にどう合わせてゆけば良いのか、実のところ考えあぐねていたのだった。

征夫を殺した洋介ではあったが、今は憎しみはなかった。何故なら全ての責任は父にあったのではあるまいか……、そう思うことが直子の気持ちを幾分楽にさせていたのだ。

「志保、今晩は積もるわね……」

「最高のクリスマスだわ」

志保の言葉に直子も同感であった。二人がこうして心を寄せ合えるようになるには長い時間を要したが、洋介ともきっといつかは心を通わせることができるに違いない。

「進行が止まっていますね。このままだといいんですが……」

直子は医師から嬉しい報せを聞いていた。

「それでは今のところほかに転移がないと……」

「ええ、と言っても薬で抑えている状態ですから油断はできませんが。暫くは大丈夫だと思われます」

主治医が笑顔でそう言った。

「一日でも長く生きてほしいんです。嬉しいですわ」

特別室の患者は病院経営者の側にとってもありがたいお客様である。この病院にも何かと貢献している鹿取の、身内でもある志保に対する待遇の良さは言うまでもなかった。医師たちも慎重に事を運んでいる様子はありありと窺えた。

「全力を注いでいますので……」

「ありがとう、よろしくお願いします」

一刻も早く志保に伝えてやりたい気持ちでいっぱいだった。

「おばさん……」

「翔……、どうしたの？」

朝宮翔が廊下に立っていたのだ。

「入りなさい」

志保はビックリした顔をしたが、

「君が翔君ですか？　初めまして」

ありったけの笑顔を見せる志保に、

「おばさんより美人だがや……」

と直子を見て肩を竦めた。

「何か用だったの？」

直子がみかんを差し出しながら訊く。

「店に行ったらおばさんおらんかったで来たんや」

「そう、学校の帰りなの？」

「ねぇ、おばさん、卒業したら僕を使ってくれる？」

「そうね……、お母さんと相談するわ」

「そうだ、母さんおばさんちに行くて言うとったわ」

「そう……。用事でもあったのかしら ね」

直子が翔の母恵子に民江からの手紙を渡してから数ヶ月は経ったろうか。一途な彼女の心を開くのはもっと時間がかかるだろう。直子はそれでもいいと思っていた。

「翔君は将来何になりたいの？」

志保が優しく聞いた。

「うん……、僕、コックになりたいんだわ」

「コック？　そう、大変な修行が必要ね」

「うん、僕頑張るし。おばさん、僕を絶対使ってな」

直子は微笑んだ。

「早う働いて母さんを楽にしてやらんと……」

その言葉に直子は翔の顔を見る。

無銭飲食をした時の幼かった翔。矢田川の川原で汚れた格好でお茶を出してくれた翔。その子が大きくなって母を助けたいと言う。

「あなたのお母さんは幸せ者ね」

志保が感心したように翔を見上げた。

「母さんいつもおばさんに感謝しとるよ。僕も感謝しとるよ」

翔の言葉に直子は志保と顔を見合わせくすっと笑った。

翔が志保の枕元に置かれた洋介の写真に目をやる。

「青井洋介だが！」

写真を急いで隠そうとする志保に、

「おばさん、どうして隠すん。おばさんの息子だが……」

直子はそれを取ると翔に渡した。

「おばさん、僕みんな知っているんだ。僕のお父さんヤクザやったってこと……」

誰も今まで話したことのないはずなのに。恵子だって決して言わなかっただろうに……。翔の口から意外な言葉を聞いて直子は驚いた。

「そう……、知っていたのね」

「うん、山川組の組長がおばさんのお兄さんやってことも……」

「そう、翔はみんな知っているんだ……」

「うん。けど分からんこともあるんだわ」

「分からんことって何？」

直子が翔を見る。

「洋介さん、何で自分の伯父さんを殺したの？」

志保が言葉を探しながら何か言おうとした。

「もうええわ。おばさんがええ人だし、洋介さんもきっとええ人だわ……。いつか僕にも会わせてほしいなぁ」

若い翔の爽やかな言葉と笑顔に、二人は励まされる思いをしていた。


暮れに降った雪が所々に残っていた。忙しかった一年が終わり正月を迎えていた。元旦の午後の来客は、公園住人の、あの先生と仲間たちだった。

信之助の配慮もあり、直子は先生と共に名古屋市役所に何度か出向き、ホームレスの人たちへ行政からの援助を得ようと力を注いでいた。

彼らの服装は決して良いものではなかったが、それでも彼らにとっては一張羅《いっちょうら》の衣類を着て応接間のソファーに腰掛けていた。

信之助が何度か先生と話し合いを持ち、彼を医者として今一度復帰させる方向へと勧めていたが、彼はお言葉は有り難くちょうだいします、と言うだけで未だ返答を得ていない。

「この間はありがとうございました。皆喜んでます」

先生が礼を言った。

秋の初めに、直子が住人に毛布を配ったことへの礼であった。

鹿取の妻として、また経営者として多忙な毎日を送る直子ではあったが、彼らの輪に加わると何故か心が安らいだ。どん底の暮らしを支え合った者にしか分からない心の絆なのだろう。直子は心から彼らを歓待していた。なぜなら直子には彼等の気持ちが痛いほどわかっていたからである。

彼等だってこの場所に辿り着くまでには、輝いた時もあったに違いないのだ。自らがこの暮らしを望んだわけではないはず。いつの日か必らず良い日が訪れるであろう。

直子は一人ひとりに頑張って生きてほしいと願った。

一月も半ばにもなると、雪の舞う日が多くなった。通る道すがらにも路上生活者に視線がいくのは、かつての自分の姿と重なるものがあるからだろう。運転手の寺田がミラー越しに直子の表情を見ていた。そして、直子を気遣ってか、

「志保さんの顔色、とてもよかったですよ」

と言った。

「見舞って下さったのね。ありがとう」

昨日、寺田が病院に行ったことを夫から聞いていて、直子は嬉しく思っていた。

「いつ見てもお綺麗な方ですね……」

「志保のお母さんも綺麗な人でしたから」

直子は彼女の母親、栄子の顔を思い浮かべた。だがそれ以上は深く思い起こすこともなく、

「春になれば、もう少し良くなるような気がします」

と言うと、寺田も頷いた。

許したとはいえ、どこかに痼《しこ》りの残る想いはあったが、青井の血を引く人間として、また妹として受け入れたのは、最愛の父が愛した女性の子供だったからである。しかし直子がそう思えるようになるには長い時間を要した。

青井家の一人娘として宝物のように育てられた子供時代には、直子自身父の心を読み取ることなど全くできず、ただただ母を裏切った悪人に思えていた。

しかし父が愛人の栄子に心を奪われたのにも、栄子に彼女なりの良さがあったからであろう。良家の娘として、見識も高くどこか冷たい感じのする母に対し、開けっぴろげで思うことを口にする栄子に魅力を感じた父を責めることなど何故できようか。

志保はそんな母親栄子に似て、素直な心の持ち主である。一人の人間として志保のことを理解した時、直子は彼女を妹として認める気持ちになったのだった。

久しぶりの休日だった。

大きな窓ガラスが暖かい室内の空気で曇っていた。その曇った窓の傍の安楽椅子に腰を掛けた直子は、日頃あまり見ることもない雑誌に目を通していた。

「奥様、病院からお電話でございます」

昨年の秋から家政婦として来ている博子が、少し慌てた様子で直子を呼んだ。

志保の容態が急変したというのだ。直子は病院に急いだ。

「姉さん、ありがとう……」

それが志保の最期の言葉であった。

透き通るほどに美しいその顔を、直子は両手で抱きながら何度も名を呼んだ。

二月十七日、抜けるような冬晴れの午後、志保は長い眠りについた。

まるで満ち潮が引いていくように、直子の心から全ての憎しみが消え去った。

六　全ての賠償

春の足音が近くまで聞こえてくるようになり、冬眠していた感の草木が一斉に顔を出してきた頃だった。

車は深夜の高速道を走っていた。

「未だに洋介は有名人なのかしら？」

直子が冗談交じりに寺田に話し掛ける。

「そのようですね。夜中の出所ですから」

寺田が話を合わせた。

管理官から届いた手紙には、『午前二時、東裏門より出所』とあった。

「車が少なくて助かりますよ」

寺田がミラーに映る直子に笑顔を見せた。

「洋介って、どんな青年かしら……」

「そうですね……。奥様の血を引いておられるのですから、いい青年ですよ」

「そうだと嬉しいんだけど……。あの時は断られてしまったけど、一度でも会っておけばよかったわ」

志保亡き後、報告を兼ねて面会に出向いたが、彼は直子に会おうとはしなかった。

三ヶ月前、洋介の担当弁護士が直子を訪ねてきて、刑期は後二年近く残っているが、真面目な態度が認められ、また殺した相手が暴力団だったこともあり、仮釈放が早くなったことを告げた。

弁護士の話を聞く直子の心中は複雑だった。何故なら、暴力団とはいえ、殺された征夫は直子が兄と慕う誰よりも大切な人だったからである。全ての経緯を知る弁護士も、直子の気持ちを察してか、言葉を選びながら話していた。

「早いものですね。志保さんが亡くなられて二年経ちましたね」

二月初め、志保の三回忌を高須の寺で執り行ったばかりであった。

「奥様を見たら、洋介さんビックリされるでしょうね」

「ビックリするでしょう……」

「洋介さん、お喜びになりますよ」

「そうだと嬉しいけど……」

医師に志保の仮退院を願い出て、洋介に会わせてくれるよう何度か試みたが、無理だと言われて結局会わせられなかったことが、未だに直子の心を重くしていた。

刑務所の長い塀を月光が照らしていた。車は静かにその塀の傍を走っていた。

「世間に名の通っている人は夜中の出所ですって、弁護士さんが言ってたけど」

「有名人はそうらしいですよ」

「気味が悪いわね……」

直子は窓越しに辺りを見回す。

「この辺で車は停めます」

出口らしい鉄の扉が見えた。

「二時です。そろそろです……」

寺田が直子を促した。

出口付近の薄暗い街灯が、妙に明るく感じられた。ドアが開き長身の男性が出てきた。その人は二度ほど見送る刑務官に頭を下げ、大きな鞄を肩に掛けて歩き始めた。頭を垂れていたが、目の前に立つ直子を見ると足を止めた。

「青井洋介君ですか？」

「はい……」

「迎えに来ました。お母さんの代わりに……」

「直子伯母さん……」

「そうです」

月の明るさの中で見る洋介の顔が幼い日の悠司に見えた。いつか見た写真の面影はなかったが、美しい顔立ちと目元は志保にも似ていた。

「僕を、僕を迎えに来てくれたのですか？」

「そうです。あなたを迎えに来たのです」

洋介は、思わずその場で土下座をした。

「すみません。伯母さん、すみませんでした」

「早く立って……。早く立ちなさい」

車のライトがつけられた。

「母がすっかりお世話になって……。あれほど伯母さんを苦しめた母なのに……」

「もういいのよ」

「僕の身元保証人にまでなってくれて……」

直子は微笑んだ。

志保亡き後、洋介に関する責任を直子が受け継いだのだ。たとえ成人でも仮釈放の者に対しては、身元の確かな保証人が必要なのである。その保証人には監察義務があり、その義務が認められるには比較的厳しい審査を受けなければならなかった。多くの書類に署名した直子であった。

「姉が妹の代わりをするのは当たり前のことでしょう」

初めて言葉を交わす甥であったが、不思議なことに憎悪の気持ちは起きなかった。

何故だろう……。

「お帰りなさいませ」

寺田が頭を下げた。

「ご迷惑をおかけします」

洋介も頭を下げた。

彼の実直な態度が亡き父に似ているのに直子は驚いた。

「お腹は空きませんか?」

後部座席の隅で体を小さくして座る洋介に、寺田が優しく問い掛けた。

「いいえ……、大丈夫です」

「知り合いの店に頼んでおきました。料理の旨い店ですよ」

直子は寺田の心遣いが嬉しかった。

大垣で高速を下り、少し走った所のモダンなレストランの前で車は停まった。

店の前には店主夫婦らしき人が待っていた。

直子は寺田の配慮に、そして店主夫婦の配慮に感謝した。

寺田の言ったとおり、料理の味は絶品だった。

「ねぇ、寺ちゃん、本当に美味しいわね」

「オーナーは、若い頃鹿取の今池店にいた人なんですよ」

「そうだったの」

「今池店にはこの店のメニューがあります……」

直子は自分の店で食事をしたことがなかった。

「一度食べに行こうかしら、ねっ」

二人の話を聞いていた洋介が、

「伯母さん、母が最後にくれた手紙です」

一通の封書を差し出した。

「私が読んでもいいの？」

彼は大きく頷いた。

文面には、息子の体を気遣った言葉と、直子に対する志保の気持ちが切々と綴られていた。

「あなたのことばかり気にしていたわ……」

「母にも辛い想いをさせてしまって……。伯母さんには迷惑ばかりかけてしまって……」

「洋介さん、これから奥様に恩返しをすればいいですよ」

寺田が直子を見た。

「僕のような者は、もう誰も相手にしてくれませんよ……」

「弱虫ね。志保が哀しみますよ」

「洋介さんはまだお若い。いくらでもやり直しはできますよ」

レストランを出て、再び車は高速に入っていた。すでに夜が明けはじめていた。

大きな門を入った車は中庭に着いた。

「すごい屋敷……。伯母さんの家？」

「お帰りなさいませ」

走ってきたのは博子であった。直子より少し年上なのだが甲高い声の持ち主である。直子は人の好さそうな彼女に好意を持っていて、博子自身も直子に尽くしていた。

「洋介様、お帰りなさいませ。長い間お勤めご苦労様でした」

ペコリと頭を下げ急いで中に入っていく。

「さぁ、入りなさい」

洋介を応接室へと導く。

「ごめんなさい、あなた。遅くなりました……」

早朝だと言うのに待っていてくれた夫に感謝した。

直子は薄いショールを肩から外すと信之助の前に歩み寄った。

「洋介君は？」

ドアの外で待つ洋介に声を掛けた。

「入ってきなさい。洋介」

洋介は悪びれた表情を見せて部屋に入り、信之助の前へ進むと頭を下げた。

「青井洋介です。母がいろいろお世話になりまして……、本当に申し訳ありませんでした」

「君も大変だったと思うが……。一日も早く過去を忘れることだね」

「はい……」

待ってましたとばかりに秘書が飲み物を運んできた。以前彼女が洋介の歌が好きだと言っていたことを思い出す。遠目で洋介の様子を窺っているのが分かって、その姿が直子にはおかしかった。そして、

「奥様、南区のシャトレーからお電話がございました」

思い出したように言った。

いつになく朝早くから来ている秘書と博子に、直子は二人の心根を知る思いで嬉しく、

「分かりました。ありがとう」

と笑顔で答えた。

「洋介君、君は今仮釈放の身だ。君の行動には警察の目が光っている……」

信之助は言い聞かせるように話し出した。

「どうだね、暫く信州へでも行ってみるかね？」

「信州ですか？」

信之助の唐突な提案に直子は少し驚いた。

「ああ、私の知り合いが長野にいるんだよ。君も知っているだろう？」

「今枝さんですか？」

「そうだ、とてもいいやつでねぇ……」

「ええ、知っていますとも。本当に良いご夫婦ですわ」

「実はもう君のことを頼んでおいた……」

「あなた……」

「高須の青井の息子だと話しておいたよ」

「それで、今枝さんは何と……？」

「彼は君のお祖父さん……直子の父親をよく知っていたし、君のことも快く引き受けてくれたよ」

「あなた、ありがとうございます」

二人は信之助に頭を下げた。

「伯母さん、本当にすみませんでした。僕は征夫伯父さんを殺してしまった……、直子伯母さんの大切な兄さんを殺してしまった……」

洋介が項を垂れ言葉を選びながら静かな口調で話し出した。

「僕は歌手生命を絶とうとした山川組の組長を憎んだ……。組長が誰かも知らずに……」

「じゃあ、征夫兄さんのことは一体誰から……？」

「大阪で公演があった時です。民江というおばさんが僕を訪ねてきて……」

「民さんが？」

「はい、民江さんの言ったことを母に聞いたのですが……。母は本当のことを話してくれませんでした」

「志保はあなたに何と……」

「征夫という人は他人だと……。青井の財産を狙っているのだと……」

「そう……」

「僕は組長を殺すつもりはなかった。ただこのままでは自分が潰されると思うと、仕方なかったんです……。ふと気がつくと民江おばさんが立っていて『あなたたち親子は恐ろしい人たちだ。今に天罰が下る！』と狂ったように叫びました」

直子はその場のおぞましい光景を頭に描いた。

「洋介、もう終わったことです。忘れましょう……」

「そうだとも。過去のことは一刻も早く水に流すんだ」

洋介がまた直子に詫びた。いじらしかった。洋介に何の罪があるというのか。青井志保を母に持ったというだけで大罪を犯し、犯した罪の恐ろしさにおののくこの洋介をどうして責められよう。

「公判の時、高須からも証人が出頭し民江さんの言ったことが真実だと知り、僕は組長を殺したことを改めて後悔しました」

「もういいのよ……。もう」

直子はそっと洋介の肩を抱いた。

信之助は洋介の隣に席を移し、その顔を覗き込んだ。

「何故、私が君を長野へと言ったか分かるかね？」

洋介が顔を上げ信之助を見た。

「長野は君の郷里だ。その郷里から逃げるようではどこへ行っても暮らせないんだぞ」

直子は夫信之助の深い愛ある言葉に思わず目頭を熱くした。

「ありがとうございます」

信之助は洋介の肩を軽く叩く。

「直子、明日一緒に今枝君の所へ行ってきなさい」


長野へ向かう車中で今朝届いた手紙を読む。北海道で直子を助け直子の心を救ってくれた友、富田千津からの手紙であった。

先日、今までの経緯を報せるべく千津に手紙を送っていたのである。

悪業を働いたことを叱り、ホームレスに成り下がったことを嘆き、また鹿取との出会いを我が事のように喜んでくれていた。

千津らしい優しく書かれた文面は、幼い日に母に抱かれた時のような安らぎが得られ心をなごませてくれた。

『憎しみは全てを滅ぼします。憎しみが消えた今、あなたは誰より幸せな道を歩めるはず。辛い時があったからこそ今の幸せを大事にできると思います。あなたが歩いてきた道はあなたの人生なのだから、これからは今以上に誇れる人生を歩んで下さい』

直子は何度も読み返し大事そうに鞄へ仕舞った。

車は名古屋から中央道を通り長野県へと入った。懐かしい信州の山々が目の前に広がっていく。

「ダムを見ていきましょう」

「はい」

あまり口もきかず黙ったままの洋介に、直子は積極的に声を掛けていた。

「伯母さん、僕は信州がずっと好きだった。あの山が好きだった。それなのに信州を捨て東京へ行った……」

「そして再び帰ってきた。そうでしょう?」

意外にも、どこにでもいる普通の青年に見えることが直子には嬉しかった。

「洋介、この地で生きていけるかしら……」

「はい、できることなら僕はここで暮らしたいです」

「そう……。それじゃあ青井のお墓に皆を葬りましょ」

ここに直子の遺恨は消え、本当の意味で皆が青井の家の者となった。

「はい。そして僕がその墓を守っていきます」

「ありがとう。よく言ってくれました」

直子は遠い昔を瞼の奥に思い浮かべながら、

「志保があなたに言ったように、征夫兄さんは青井とは何の関係もない人なの」

「……」

「お父さんが連れてきた人だったの」

「はい……」

「でも兄さんは、青井の血を引く私たちよりも青井家を大事に思う人だったわ」

「本当に僕は愚かだった……」

峠を越えると『高須町』と書かれた看板が目に入り人目を引く。

「あの辺りに公民館があったのかなぁ……」

と洋介が指さす。

「そうね、もう少し右の方だったんじゃあ……」

洋介の背を見ながら、直子は思わず涙ぐんだ。

「伯母さん、会ってほしい人がいるんです」

「誰かしら……、もしかして恋人？」

「はい。ずっと以前から付き合っている人です」

「そう……、どこの人？」

「ここ、高須の人です」

「えーっ、本当？」

「幼な友達です」

「そうなの……」

「母は反対していたけど僕は彼女が好きでした」

「そう……、今も続いているの？」

「時々は、電話や手紙で……」

「そうだったの……」

「面会にも何度か来てくれました。出所したら帰ってきてほしいと言ってくれて……」

「あなたの帰りを待っていてくれた人がいたなんて……。伯母さんも嬉しいわ」

「だから僕はたとえ白い目で見られてもこの地へ帰ってきたかった……」

洋介と一緒に村に入る。村を少し行くと賑やかな町に着く。全ての建物は変わっていたが町に入る道は以前のままで、その道を上がると民家が見えてきた。民家の左側に細い下り坂があった。いつの日か直子が通った道である。洋介も直子の後ろに続いて故郷の田舎道を歩いた。丸太橋の袂に立っていた大木がいつしかシンボルとなったようで、その太い幹に子供たちが作ったと思われる『ようこそ高須へ』と書かれた看板が見えて嬉しかった。

「洋ちゃーん」

一人の娘が駆け寄ってきた。

「千恵……」

その光景を直子が優しい眼差しで見つめていた。

「あっ、すみません」

「いいのよ。私は少し歩いてきますから……。また後でね」

歩き出そうとする直子の前に洋介が立った。

「紹介します」

娘の肩を抱き笑顔を見せた。

「小坂千恵です」

娘が頭を下げた。

「小坂……光蔵さんのお孫さんですか？」

「はい。どうしておじいさんを……」

「おじいさん、お元気ですか？」

「もう年ですから……。足は弱くなっていますが元気です」

はっきりとした口調でそう言った。

「それはよかったわ」

「あのー、おばさんは……」

「私は青井直子といいます」

「じゃあ、おばさんがもしかして直嬢さん？」

直子は苦笑した。

「おじいさん、嬢さんのこと、よく話してくれましたから……」

「そうですか」

「会ってやって下さい。きっと喜びます」

千恵に促され、彼女の家に向かって歩き出した。

「あなた、洋介を待っていてくれたの？」

「はい、洋介は洋介ですもの……」

若い二人の結び合う心が直子には羨ましく思えた。

「で、ご両親は洋介のことを何と……」

「反対しています。でも母はこの頃では私の気持ちを分かってくれて……。今は何も言いません……」

「そう……」

直子は洋介を見る。

「お母さーん」

千恵が草取りをする母を呼んだ。

「洋ちゃんよ……。洋介が来たの！」

母親がビックリしたように振り返る。

「あなたは……」

母親は直子を見て驚き頭を下げた。

「ご存知ないとは思いますが、私はあなたを知っています」

千恵が耳打ちして伝えたのであろう。

「じゃあ、あなたが青井の直子さん……」

直子も頭を下げた。千恵の母が洋介を見る。そして、

「洋ちゃん……。よう帰ってきたずら」

と涙ぐむ。

「ご迷惑かけて、心配かけてすみませんでした」

門前払いを覚悟していたのに、千恵の母の素朴な温かさに敬服する二人であった。

「洋ちゃん、もうどこにも行かんで……」

今にも泣き出しそうな千恵の顔は、愛する人を思う女心に満ちていた。

「洋ちゃん、仮釈放だに……」

「はい」

洋介が小さく返事をした。

「それで今は……」

「伯母さんのお世話になっています」

千恵の母親は洋介の手を握らんばかりで、彼の傍に近づくとまた涙ぐんだ。罪を犯した彼をこんなにも温かく迎えてくれる人たちがいようとは……。

「洋ちゃんは小さい時から心の優しい子じゃった。その洋ちゃんが村から出て行っ

てしまって寂しかったですよ」

洋介を愛する娘の気持ちが分かるだけに、母親としても辛い想いをしてきたのであろう。

「大勢の人を引き連れてきた時、もう手の届かん人になっちゃ思いましたわ……」

高須でのコンサートのことであろう。

「洋ちゃんは千恵を妹のように可愛がってくれてなぁ……」

直子は今一度若い二人を見た。

「志保さんの法要をここでしたずらねぇ」

「ええ、二月に致しました」

「そうずらか……。今思うと志保さんも苦労していたんだろうてね」

直子は言葉に詰まった。

「直嬢さんずらか？」

いつの間に傍に来ていたか、千恵の祖父が直子の顔を覗き込んだ。

「おお、やっぱり嬢さんずら」

「おじさん……」

と言ったきり、直子は言葉に詰まった。

「よう帰ってこざれた……」

祖父の目にも涙が光った。

この村とともに年をとった千恵の祖父は、崩壊していく青井家をどんな心境で見ていたのだろうか。この高須に残る年老いた人たちや住民は、今の直子にどんな眼差しを向けるだろうか。直子はそれぞれの家屋敷を見ながら遠い日の自分を振り返っていた。

「直嬢さん、やっぱり帰って来《き》なさったか……」

振り返ると、あの時の老婆の笑顔があった。

「おばさん……」

後は言葉にならず、彼女の手を握りしめる。

そして、

「これから長野へ行ってきます。洋介を連れて……」

「長野へ？　どうして……」

千恵が不安そうな顔をして洋介を見た。洋介を知り合いに託すことを話すと、

「都会じゃ洋ちゃんも辛いずら……。その方がいいだに」

母の言葉に千恵も賛成した。

長野市に入るとすっかり日も落ちた。慎重に運転する寺田の横顔を直子は垣間見る。

今枝夫妻は洋介を一目見ると何も訊かず温かく迎え入れてくれた。二人には子供がなく、これからは家の中が明るくなると喜んでくれたのが何より嬉しかった。人の目ばかり気にしていた洋介も少しは気持ちが楽になったのか、笑顔を見せるようになっていた。

「今夜は泊まってほしい」と、ご夫妻から気持ち良い言葉を掛けられたが、丁重なお礼を述べ帰りの途についた。

「寺ちゃん……。良いご夫婦ですね」

寺田がにっこりと笑う。

「ねぇ、寺ちゃん。あなたに聞きたいことがあるの」

「はい……？」

「旦那様からは、前の奥様は病気でお亡くなりになったと聞きましたが……、本当に？」

「はい、そのように……」

「そう……、どこがお悪かったのかしら？」

「旦那様がそう言われたのでしたら、それで良いではありませんか！」

いつにない寺田の強い口調に直子は息を飲んだ。

「旦那様はどうしてあんなにもお優しいのかしら……」

「それは、奥様がお優しいからですよ」

二時間の道のりで二人が話したのはそれだけだった。

何か割り切れない気持ちのまま時は流れた。

七　美しきかげろう

株主総会が本社ビルで執り行われる。

その日、議長を務める信之助の表情は直子すら寄せつけぬほどに厳しかった。

「信州に大型ショッピングセンターを計画している」

信之助の発言に役員たちは一斉に頭を上げた。先頭を切って重役の一人が、

「無理です。まず人口が少なすぎる……」

と真っ向から反対した。そして「何故長野なんですか？」と問う者もいれば、

「長野より伊豆の方が立地条件は良いはず」などいろいろな意見が飛び交う。

総会は二時間ほどで終了したが、別室では引き続いて首脳三者による討議が続いていた。

直子は信之助の命令でその席を外していた。送られてきた新茶を注ぎドアの前に立ったその時、

「社長、二度と失敗は許されませんよ……」

盗み聞きするつもりはなかったが、直子はその言葉に足が釘付けとなった。

「思い出して下さいよ。あの時も無茶な計画がもとで奥様を苦しめ死に追いやって

しまったではないですか……」

直子は足が震えた。

「二度と失敗は許されないはずです」

信之助の言葉は聞こえてこない。

「エミさんも一時はどうなられるかと心配しました……。良いお嬢さんになられて
ほっとしましたけど、もう二度と危ない橋は渡らぬ方が……」

「もういい！　分かってる！」

いつになく感情を高ぶらせ苛立っている信之助の言葉に、直子は暗い気持ちにな
りその場を離れた。

各支店の状況報告を受けるために支店を巡る道中、直子は信之助の過去に想いを
巡らせていた。一体何があったというのか……。温和な信之助に何があったという
のだろう。しかしそれを訊き出す勇気はない。また、人には触れられたくない傷も
ある。誰よりもそれを分かっている直子だけに心を痛めていた。帰り着くと信之助
は何事もなかったように、
「寺田が心配していたよ……」

「すみません。街角で知り合いに出会ったものですから……」

「そうか……。君も今日は疲れたろう。早く休みなさい」

いつもと変わらぬ笑顔で言った。

洋介の弾んだ声が受話器の向うから聞こえていた。ご夫妻と一緒に山菜を採ってきたのでさっそく送ると言う。洋介が少しずつ立ち直り元気になっていくのは嬉しく思えたのだが……。


久しぶりの茶室は直子の心を穏やかにしていた。

「直子、高須を拠点にあの辺を買収しようと思うがどうかね」

「あなた、私の言ったことを本気にされては困りますわ」

信之助の唐突な言葉に、

「何を計画なさっているのです……？」

「私の最後の事業としてショッピングセンターなど考えているんだが」

以前直子が軽率に口走った言葉をまさか本気で考えていたとは……。志保を喜ばせたくて、彼女に話した軽い言葉であったのに……。

「田舎ですよ……。お客さんなどありませんよ」

「まあショッピングセンターだけじゃ利益は確保できないだろうが……」

それなりの構想を練っていたのであろう。机の上に多くの書類がのせられていたのを思い出す。

「あの地なら、何が客を惹きつけるのかを君にも考えてもらいたいんだが……」

直子は泣きたい気分だった。

「でもあなた、この間の総会の時は皆さんあまり賛成ではない様子でしたし……」

「確かに……、でも私は実行するよ」

「何故そんなにまでして……」

その時直子は喉まで出かけた言葉を飲み込んだ。

「直子、君に聞いてもらいたいことがある」

「はい……」

茶を点てながら直子は次の言葉を待つ。

「君には妻は病気で死んだと言ったが……、実は彼女は自殺をしたんだ」

直子は信之助の顔を見る。

「今から十七年前、私は無茶な計画を立てて強行に実行した……。今は人手に渡ってしまったが、あの赤羽根のホテルだよ」

直子は庭に咲く花に目をやりながら静かに聞いていた。

「日本に不景気の波が押し寄せ客足は遠のいた……」

話の中で直子も当時の自分を思い出す。北海道にいた頃のことだろうか。

「事業というのは一つ崩れると全て崩れる。妻は実家へ金策に走り実家も快く貸してくれたのだが……。やはりどうにも立て直すことはできなかった」

「エミさんがまだ幼い頃だったでしょうね……」

「ああ、小学生だった……。多額の金だ、実家だとて黙ってはいない」

「それで奥様は……」

「離婚だ何だと大変だった……。もともとあまり丈夫な人ではなかった。神経も過敏になりノイローゼになってね。入院先の病院で……」

「……」

「私さえ無理をしなければあんなことには……。一時は傾きかけた身代だったが、私は必死で立て直した。妻のためにも……」

「そうでしたの……。よく話して下さいましたわ」

直子は心が晴れるようであった。

しかし、順調に業績を上げる現在の鹿取を心配する役員たちの発言は有り難く受け止めるべきだろう。

「あなた、私にも協力させて下さいな……」

直子は思案したが、近いうちに役員全員に臨時召集をかけ、長野県高須町に大型ショッピングセンターと遊園地を造る計画を提案することにした。

「君に任せるつもりだ。やってくれるね……」


「洋介、これは大事業です！　いいですね」

洋介に会うと直子は全てを話した。役員から様々な意見が出たが、直子は全ての反対意見を押し切ったのである。総工費三兆円というビッグプロジェクトが組まれた。大がかりな計画は向う三年間を目処にスタートした。

まず土地買収からのスタートである。それぞれの持ち場の社員が高須へと飛んだ。

「誰に何と言われてもいい、僕は高須に骨を埋めるつもりです」

洋介の一言で直子は決心をした。洋介に託そうと……。

帰り道、ふと降りた山間の道で、

「信州は素晴らしい所ですね」

後から降りてきた寺田が直子に言う。山々の紅葉は鮮やかというよりほかに言葉が見つからなかった。

「県の大半を山が占めているのですね」

「日本の屋根と言われるほどだから、山ばかりよ」

直子が微笑んで寺田を見た。

「あちらが北アルプス白馬連峰。そしてこちらが南アルプス。この下を流れる川は天竜川よ」

「ほう……」

「天竜川沿いを中心に伊那盆地が広がっているの」

「ほう……」

「伊那盆地の上流を上った所に高須があるの」

知識豊かな彼のこと、長野に対しても全て知っているであろうが、笑顔で聞いてくれる寺田の心根が嬉しい。

「随分前ですが、旦那様と上高地へ行ったことがありますよ」

「梓川の雪解け水は夏でも手のつけられないほど冷たくて……」

「そうでした……、そうでしたよ」

寺田もすっかり直子のペースにはまり、当時を懐かしく思い出したのか機嫌の良い顔をして熱っぽく話し出した。

「寺ちゃん、一つ訊いてもいいですか？」

「はい、何なりと」

「何故今までお一人で……」

寺田はその問いに答えることなく遠い山を見ていた。

「ごめんなさい……」

直子はすぐに頭を下げた。

「いいんですよ。私も一度は所帯を持ったんですよ」

「あら、そうでしたの……」

「ですが家内は家を出て行きました。男と一緒に……」

「……」

「私がいかんかったのです……」

「ごめんなさい。余計なことをお訊きして……」

「いいんです。遠い昔のことですから」

寺田が寂しく笑った。

「いつまでも私の傍にいて下さいね」

「はい、死ぬまでお仕えするつもりです」

二人はまた山に目をやった。

少しずつ暮れゆく秋の香りを体に受けながら、二人はその景観に酔っていた。


年が明け、『鹿取グループ、長野に進出』の記事が新聞紙面を賑わしていた。

暮れから毎日のように請け負い業者からの対応に追われ、また洋介との連絡も怠ることなく充実した日々を送っていた直子のもとに、一通の手紙が届いた。北海道へ帰っていた浅子からの手紙である。あれからどれだけの歳月が流れたであろうか。高須の飯場から名古屋にいた直子を訪ねてくれたあの日から……。

悪の限りを尽くし、人を寄せつけない冷酷な自分に対し、悲しそうな顔をして去っていった友であった。

やっとの思いで彼女の住所を探し当て手紙を書いたのである。言い訳などできなかったが、心配してくれたであろう浅子にせめて胸のうちだけは報せておきたかったのだ。

手紙には一枚の写真が同封されていた。ご主人との初めての旅行で撮ったというツーショットが、彼女の今の幸せを物語っていた。写真の浅子を見つめながら直子は様々な想いが込み上げ思わず涙ぐんだ。

彼岸も近いというのに寒い日が続いていた。本店での総会を終えビルの前で寺田を待っていると、信之助からの電話が入り急いで今池の店へと向かう。

「君、金沢の角田建設という会社を知っているかね？」

突然の質問に直子は驚いた。

「相手は君を知っているらしいが……」

「はい知っています。大学の時に知り合いました。私の愛した人です……」

「そうか、そういう人だったのか……」

信之助は不慣れな手つきで運んできた秘書からのコーヒーを口に含んだ。

「角田建設は、北陸では名の知れた会社らしいよ。今枝君の話だがね」

「今枝さんのお知り合いだったのですか？」

「今度の工事を手伝って頂こうと考えてるんだ」

「角田さんにですか？」

「ああ……。今枝君の紹介でもあるからね」

「私が知っている角田さんは、お父様のお手伝いをされていました。遠い昔のことですわ……」

「そりゃそうだ……」

信之助が笑顔で言った。

「今度お見えになるそうだから、君も会うといいよ」

角田と再び会うことになろうとは……。しかし、今度こそ胸を張って会える……。

浅子から全てを聞いたであろう。そして今は鹿取の妻であることも知っているであろう。直子は嬉しいような何故か複雑な想いであった。

「洋介、店の入口はできるだけ大きくとった方がいいのではないかしら」

三日前から高須入りをしている直子は洋介と連れ立って工事現場を廻っていた。

秋の紅葉とは一変して山裾の桜が美しい。五年前から計画していたと言う信之助の言葉には驚いたが、それなりの基盤を整えていたのか土地の人たちの反対もなく工事は順調に進んでいた。

寺田が車を廻してくるとドアを開けた。

「寺ちゃん、主人はいつ頃来るのかしら?」

「もうそろそろお着きになる頃だと思います」

直子は時計に目をやる。

「洋介あなたに紹介したい子がいるの。今主人と一緒にこちらに向かっているの」

町の高台に町民が合同で管理する墓地があった。

「先にお墓参りをしておきましょう」

「はい……」

いずれの墓からも線香の香りが立ち込めていた。数あるその中でも際立って目立つ青井家の墓に二人は手を合わせた。

そして直子は美千代の墓に向かった。

征夫も美千代も最期まで愛を貫いた……、永遠に守り通したのである。

「直ちゃん……」

直子は背後を振り返った。何と、そこに角田悟が立っているではないか。

「お久しぶりでございました……」

二人は互いに見つめ合った。言葉など必要ではなかった。

「どうしてここへ？」

信之助から聞いたと言う。

「伯母さん、みんな来てるよ」

洋介は角田に頭を下げ、直子に声を掛けた。

大勢の友が歩いてくる。その中には千恵の姿もあった。

「みんな……」

頭は白くなっていたが、見覚えのある顔が並んでいる。懐かしさと嬉しさが込み上げ、直子は友の背に顔を埋めた。

「相変わらず直嬢は綺麗だに……、泣き虫ずら」

皆がどっと笑った。

「洋ちゃんも千恵ちゃんとこの村で暮らすといいずら」

洋介が嬉しそうな表情を見せた。

「悟君……、いいえ、角田社長よろしくお願いします」

改めて頭を下げる直子に「僕の方こそ」と角田も頭を下げた。

西の空が茜色に染まっていく。山々が蜃気楼のように見えるのは直子だけだろうか。

墓を見下ろす新道に一台の車が停車した。ウィンドウを開け少年が言った。

「僕のもう一人のお母さんなんや……。おばさんは」

そして少年の横で、この光景を微笑ましく見守る紳士が運転手に話し掛けた。

「私は最高の妻を持ったよ……」

あとがき

この本のタイトル『かげろう』とは『蜉蝣』のことである。水辺を飛ぶ弱々しい小さな昆虫の一種で、大きな魚や川の流れに翻弄されながらも必死で生きるその姿に、ある女性を重ね合わせ私なりにつけた題である。

その女性に出会ったのは私が娘の頃、私より少し年上であろうか、通いつめた茶屋の看板娘であった。いつも笑顔を振りまきその店の雰囲気を明るくしていた。

結婚してその地を離れてからはいつしか遠のき、久しぶりに、いや何十年ぶりに懐かしく訪ねると、店は跡形もなく、その地には雑草が生い茂っていた。とりわけ気に掛けるわけでもなく青春を楽しんだ町に出掛け、友と語り合い駅前に来たその時、路上に伏せ人々の恵みを待つ彼女を目にしたのだ。しかしその女性を「彼女」だと認めるには少し時間がかかった。だがその女性はまさしく「彼女」だったのである。私は心の動揺を抑えることができず遠くからその姿を眺めた。一体彼女に何があったというのか……。

気になり出すとじっとしていられない性分を持ち合わせた私は、数日後再び駅に向かった。しかしどこを捜してもその姿がない。構内の中まで見て廻ったが彼女らしき人は見当たらず、仕方なく駅前の路上の住民に訊ねた。そしてその返事に唖然とする。昨日の朝死んだと言うのだ。

どんな人生を歩んできたのか……。遠い日の美しい笑顔が思い出され、無性に哀しくやりきれない気持ちを抱いた。

この本の主体、ホームレスを書こうと考えたのは彼女を『蜉蝣』と見立て、一人の女性の生き様を通し、女の弱さを、また世間の冷たさを、そして人間の温かさを私なりの心のままに書いたものである。

最後にこの本を作成するに当たり、色々な方々のご協力に心から感謝し、生涯忘れることなく心の友として寂しく世を去ったであろう「遠い彼女」の冥福を祈り、そして、何よりこの『かげろう』を手にし、ページを繰って下さった皆様に心より感謝を申し上げます。

宮本浪子

著者プロフィール

宮本　浪子（みやもと　なみこ）

1945年、滋賀県蒲生郡竜王町生まれ。

京都市内の文具店に就職。その後、京都高島屋百貨店に勤務。

結婚を機に小牧市に転居し、現在に到る。

幼い頃より文学の世界に惹かれ、数々の小説、詩を書き、雑誌等で短編小説を発表。

2001年には『ガラスの階段』（ビックアップルインターナショナル）でサスペンスにも挑戦し、現在はこの作品の続きにとり組んでいる。

かげろう

2002年5月15日　初版第1刷発行

著　者　宮本 浪子
発行者　瓜谷 綱延
発行所　株式会社文芸社
〒160-0022　東京都新宿区新宿1－10－1
電話　03-5369-3060（編集）
03-5369-2299（販売）
振替　00190-8-728265

印刷所　株式会社 平河工業社

ISBN4-8355-3834-X C0093